A Photographic View of America Before You Go

想去美国?
先看懂这些照片

学校 超市 店铺

赵恒元 主编

中山大学出版社
广州

版权所有　翻印必究

图书在版编目（CIP）数据

想去美国？先看懂这些照片·学校 超市 店铺：英汉对照/赵恒元主编.—广州：中山大学出版社，2016.6
ISBN 978-7-306-05673-3

Ⅰ.①想…　Ⅱ.①赵…　Ⅲ.①英语—汉语—对照读物　②美国—概况　Ⅳ.①I319.4：K

中国版本图书馆 CIP 数据核字（2016）第 084688 号

出 版 人：	徐　劲
策划编辑：	刘学谦
责任编辑：	刘学谦
封面设计：	林锦华
责任校对：	林彩云
责任技编：	何雅涛
出版发行：	中山大学出版社
电　　话：	编辑部 020 - 84111996，84113349
	发行部 020 - 84111998，84111981，84111160
地　　址：	广州市新港西路 135 号
邮　　编：	510275　传　真：020 - 84036565
网　　址：	http://www.zsup.com.cn　E-mail：zdcbs@mail.sysu.edu.cn
印 刷 者：	广州家联印刷有限公司
规　　格：	787mm×1092mm　1/16　13.75 印张　245 千字
版次印次：	2016 年 6 月第 1 版　2016 年 6 月第 1 次印刷
定　　价：	39.80 元

如发现本书因印装质量问题影响阅读，请与出版社发行部联系调换

前 言
PREFACE

有多少人想去美国？这是个潜数字，没有人能说得清。但是，有一条定律：有机会去美国，没有人会轻易放弃。

百万考生拥挤在 TOEFL、GRE 考场，意欲何为？

穷尽一生积蓄供孩子去国外深造，想去哪里？

达官贵人望子成龙，送孩子去哪儿"镀金"？

商贾富豪投资移民，把钱转到哪里？

……

这些不同的人群大体上都有一个相同的首选潜在目标——美国。

《想去美国？先看懂这些照片》不仅是写给这些群体看的。对于广大的英语学习者，本书也是一套高级看图识字读本。每年 200 万赴美游客，他们除了浮光掠影，还能从本书的景点照片中了解到有关美国更多的人文、历史及风土人情，从而为自己的旅游增加深度和档次。

中国人学英语，从小学学到大学，有的甚至还参加各种辅导班，投入了相当的时间和精力。但一踏上美国国土，你可能霎时"耳聋眼花"，感觉以前学到的那些东西怎么派不上用场。

你在大街上看到一块牌子，上面的文字是 YIELD。你会说，这个单词我认识，不就是"屈服、投降"的意思吗？可是这个牌子是干什么的呢？要我投降？再往前走，你又看到一块牌子，上面有辆自行车，下面的文字是 XING。这又是什么意思呢？各种考试词汇表都背过了，没有 XING 这个单词呀！

在学校、超市，你可能会分别看到下面两个标识牌。上面的文字都不多，没有几个单词，可是你能看懂么？

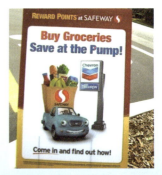

这些照片都来自美国本土，是美国日常生活的真实写照。看懂了这些照片和照片上的文字，你就可以更快地融入当地社会中，在那里更顺利地学习、生活和工作。相反，如果你看不懂这些生活中的日常标识，你就会陷入困惑和麻烦中。你或许会说：去了再说，急来抱佛脚。但是佛会说：你怎么平时不烧香呢？

因此，还是未雨绸缪，记住以下三句名言，才是上策。

He who fails to plan is planning to fail.

Chance favors only the prepared mind.

God helps those who help themselves.

参加本书编写的作者有：Connie Grenz, Mark A. Green, Daniel Mueller, Kimberly Aldous, 潘华琴，倪小华，赵永青，陈果元，胡红，李一坤，杨帆，雷云逸潘书祥，郑宏，牛建新，王泽斌，赵庆国，何伟，卓煜人，陈维，曾灿，胡春晖，赵恒元。本书英文书名由 Carl K. Roshong 教授审定。

赵恒元

2016 年 3 月 12 日于北京（hengyuanzhaobj@qq.com）

目录
CONTENTS

第一部分　学校

1 Elementary School 小学 ·· 3
　1.1　Notice 告示 ··· 4
　1.2　Classroom 教室 ··· 14
　1.3　Coins 硬币 ··· 22
　1.4　Open House 公开课 ·· 26
　1.5　PE 体育 ·· 27
　1.6　Library 图书馆 ·· 30
　1.7　Book Fair 书展 ·· 33
　1.8　5th Grade Promotion Ceremony 5 年级升级仪式 ······· 37
　1.9　Walk to School Day 步行上学日 ······················· 40
　1.10　100th Day 入学百日节 ···································· 42
　1.11　Mother's Day 母亲节 ······································ 43
　1.12　Pajama Day 睡衣节 ·· 47
　1.13　Lost and Found 失物招领 ································ 48
　1.14　Activities 活动 ·· 49
　1.15　Parade 游行 ·· 50
　1.16　Traffic Guards 交通协警 ·································· 53
　1.17　School Bus 校车 ··· 54
　1.18　Safe Place 安全的港湾 ···································· 54

2 High School 中学 ·········· 56

- 2.1 Notice 告示 ·········· 56
- 2.2 History 历史 ·········· 58
- 2.3 Kindness—Our Norm 善良是我们的准则 ·········· 59
- 2.4 Activities 活动 ·········· 61
- 2.5 Summer Camp 夏令营 ·········· 62
- 2.6 Lockers 衣物柜 ·········· 62
- 2.7 Student Store 学生商店 ·········· 63
- 2.8 Swimming Pool 游泳池 ·········· 64
- 2.9 Spike Ball 迷你排球 ·········· 65
- 2.10 Athletic Fields 运动场 ·········· 65

3 University 大学 ·········· 66

- 3.1 Campus: Inside and Outside 校园内外 ·········· 66
- 3.2 Main Quad 主校区：四合院 ·········· 69
- 3.3 Church 教堂 ·········· 76
- 3.4 Statures 雕塑 ·········· 81
- 3.5 Hoover Tower 胡佛塔 ·········· 84
- 3.6 Classroom 教室 ·········· 86
- 3.7 PE 体育 ·········· 88
- 3.8 Music Center 音乐中心 ·········· 89
- 3.9 Academic Lecturers 学术讲座 ·········· 90
- 3.10 Bookstore 书店 ·········· 91
- 3.11 Post Office 邮局 ·········· 91
- 3.12 Shops 商店 ·········· 92
- 3.13 Dining Place 餐厅 ·········· 93
- 3.14 Students Houses 学生住宿 ·········· 93

3.15　Campus Traffic 校园交通 ·· 94
3.16　White Plaza 白广场 ·· 95
3.17　Rally Parade 集会、游行 ·· 96
3.18　University of Utah 犹他大学 ·· 97

第二部分　超市　店铺

1　Supermarkets 超市 ··· 103
1.1　Notice 告示 ·· 103
1.2　Target 塔吉特 ·· 105
1.3　Sprouts Farmers Market 新芽农家超市 ··· 108
1.4　Costco 好市多 ·· 114
1.5　Safeway 安味（西夫韦）·· 116
1.6　Chinese 华人 ··· 120
1.7　Goodwill 良愿商店 ··· 121
1.8　Fry's Electronics 福莱电子 ·· 125
1.9　Ross Dress for Less 罗斯服装优惠店 ··· 126
1.10　Off-Price Sale 打折销售 ··· 127
1.11　BOGO 买一送一 ··· 129
1.12　Shopping Carts 购物车 ··· 130
1.13　Hanging Scales 吊秤 ·· 133

2　Stores and Shops 店铺 ·· 134
2.1　Notice 告示 ·· 134
2.2　Restaurants 餐馆 ··· 141
2.3　Clothing 衣物 ·· 156
2.4　Treatment 治疗 ·· 160

2.5	Fitness & Training 健身　训练	162
2.6	Hair & Beauty 理发　美容	165
2.7	Grocery 杂货店	170
2.8	Watch Repair 修表	172
2.9	Eyes Optometry 验光配镜	173
2.10	Stamps & Coins 集邮收藏	174
2.11	Copy & Print 复印和印刷	175
2.12	Plants 花草	176
2.13	Furniture 家具	178
2.14	Smokes 香烟	179
2.15	Travel and Tour 旅行社	181
2.16	Gas 加油站	182
2.17	Car Wash 洗车	185
2.18	Car Sale 售车	187
2.19	Car Test 验车	188
2.20	Auto Repair 修车	190
2.21	Bikes 自行车	191
2.22	Bank & ATM 银行　自动取款机	192

3　Farmers Market 农贸市场 …… 194

3.1	Entrance & Notice 入口　告示	194
3.2	Vegetables 蔬菜	197
3.3	Fruits 水果	199
3.4	Cut Flowers 插花	201
3.5	Foods 食物	202
3.6	Local Musician 当地卖唱艺人	205
3.7	Pushcart Library 手推车图书馆	206

4　Yard Sale 庭院甩卖 …… 207

第一部分
学校

— Schools —

第一部分　学　校

1 Elementary School 小学

美国的中小学教育阶段的结构大致如下表所示：

Grades 年级	Name 名称
9—12	high school 高中
6—8	middle school 初中
1—5	elementary school 小学
K	kindergarten 学前班

在美国，小学通常叫 elementary school，在英国则叫 primary school。小学的叫法还有 grade school, grammar school 等，这些叫法在美国、英国都能听得懂，不会引起歧义。

middle school 初中，high school 高中，这是通常的叫法，没有误解。secondary school 中学，high school 中学，这都是笼统的叫法。如果你非要较真分清初高中，那就叫 junior high school 初中，senior high school 高中。

高中有四个年级（9—12）。四个年级的学生从高一到高四分别叫 freshmen, sophomore, junior, senior。这和大学里大一到大四学生的叫法是一样的。

kindergarten（小学学前班）是美国中小学教育结构的一部分。kindergarten 的孩子通常是 5～6 岁。kindergarten 常用缩写字母 K 代表。K—5：从学前班到小学 5 年级。K—12：从学前班到高中 12 年级。

kindergarten 在许多英汉辞典里解释成"幼儿园"。其实，kindergarten 的英文解释，不管是英国辞典，还是美国辞典，都是"小学学前班"，而不是"幼儿园"。那么，我们汉语中的"幼儿园"，英语叫什么呢，nursery 较靠谱。

preschool，望文生义可以想象成"学前班"。其实，preschool 是指 kindergarten 前的幼儿学习班。preschool 的孩子通常是 3～4 岁，比 kindergarten 的孩子小。如

3

果把 kindergarten 叫"小学学前班",那么 preschool 就是"幼儿学前班"。preschool 也叫 nursery school。

1.1　Notice 告示

这是一所小学。校名如照片中所示:EL CARMELO ELEMENTARY SCHOOL。

该小学还有两个侧门,可以自由出入。美国的大中小学校通常都没有大门。社会治安良好,无需门卫。在校门口左边的墙上有 5 个告示牌,其内容见如下的照片。

　　　　　　A　　　　　　　　　　　　　B

照片 A 中,上面告示牌文字的汉语译文:注意,所有访客必须到校办报告。下面的是火灾警报系统图示,内容见下表(英汉对照)。

第一部分 学 校

英语	汉语
ELCARMELO ELEMENTARY SCHOOL	EL CARMELO 小学
3024 BRYANTSTREET	BRYANT 大道 3024 号
PALO ALTO, CA 94306	帕洛阿尔托,加州 邮编: 94306
FIRE ALARM GRAPHIC ANNUNCIATOR	火灾警报系统图示

　　从这个火灾警报系统图示上,你可以看到一个个烟雾感应器、热感应器、尘埃感应器、供电处、紧急供电处等的位置。

　　照片 B 中有 3 个告示牌。黄色牌子上面的文字是 Tobacco Free School（禁止吸烟学校）；Tobacco use is prohibited.（禁止吸烟。）黄牌子旁边的告示牌由多种语言写成,最上面红色的是英语：NO SMOKING ANYWHERE ON THIS SCHOOL SITE（本校校区的任何地方禁止吸烟。）其下白色牌子上的文字是：DOG OWNERS: HELP US KEEP OUR KIDS HEALTHY AND CLEAN PLEASE LEASH AND SCOOP FINE UP TO $ 125 PER PAMC: 6. 20. 045 & 6. 16. 100（狗的主人们：请帮助我们保持我们孩子们的健康和卫生。请系好狗链,收走狗屎,违者罚款 125 美元。依据帕洛阿尔托市法律法规第 6. 20. 045 和 6. 16. 100 条款。）per 是多义词,此处意为"依据"。PAMC = Pala Alto Municipal Code。code 法规。

●普法市和宪章市

　　美国的城市可分为 General Law City（普法市）和 Charter City（宪章市）。Pala Alto（帕洛阿尔托市）是宪章市。普法市按照州法律管理,而宪章市则按照该市的宪章法律管理,不受州法律的约束。宪章市的宪章由该市公民公投产生。加州 478 个城市中有 112 个宪章市。

A

5

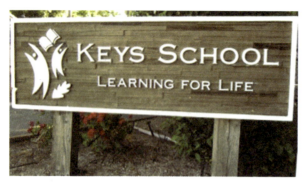

B

C

照片 A 是一所私立小学的门口，右边是校牌，上面的文字见照片 B：KEYS SCHOOL LEARNING FOR LIFE（KEYS 小学，为人生而学习。）LEARNING FOR LIFE 的缩写是 LFL，是美国童子军（BSA，Boy Scouts of America）一个分部在全美办的学校，该分部的总部设在德克萨斯州的 Irving。LFL 学校旨在培养学生的自信、自尊、敬业精神。进 LFL 学校学习，除年龄有规定外，不分性别和宗教信仰。童子军是美国最大的青少年组织之一，其座右铭是 Be prepared（时刻准备着），口号是 Do a good turn daily（每天做一件善事）。

照片 C 是校牌旁边的告示牌，上面文字的汉语译文是：只有授权的车辆可以驶入。校门口的左边有三个告示牌，见如下照片。

D

E

照片 D 中有两个告示牌。左边的一个上面的文字是：WARNING *PREMISE PATROLLED BY*：BAYSIDE Patrol & Investigations, Inc. 866 - 986 - 8480（警告，本处建筑设施由 BAYSIDE 巡逻和调查有限公司巡逻，电话 866 - 986 - 8480。）旁边蓝色牌子上文字的汉语译文是：注意，私人房产，禁止擅入。照片 E 上文字的汉语译文是：小心，孩子们在玩耍。

           A   B

照片 A 是 EL CARMELO 小学门口的一个公告牌，上面文字的汉语译文是：暑假快乐！

照片 B 中墙上的文字是一所小学的校名：HERBERT HOOVER ELEMENTARY SCHOOL（赫伯特·胡佛小学。）这所小学以 Herbert Hoover 命名。Herbert Hoover 是美国第 31 任总统。该小学在斯坦福大学附近。以胡佛命名，是因为他在这一带的人文影响力。胡佛是斯坦福大学第一届学生，1895 年获地质学学士学位。他曾自豪地说，他是斯坦福大学第一届、第一个报到、第一班、第一个在学生宿舍睡觉的学生。今天，斯坦福大学的标志性建筑就叫 Hoover Tower（胡佛塔）。1899 年，胡佛 25 岁，曾携新婚妻子在中国打工 3 年，是一家地质矿产公司的总工程师，曾为改善中国矿工的劳工权益做过努力。他给自己起的中国名字叫胡华。

这是胡佛小学门口的一个公告牌，从公告牌上可以看到 5 月份的 8 项活动安

排。以下逐项介绍。

● MAY 3 FETE PARADE（5月3日：五月游园游行）

这个游园游行是加州帕洛阿尔托市当地的一项活动，始于1921年，开始是集市产品交易会，后来逐渐演变成现在的一个游园游行活动。目前参加这项活动的主要是中小学生和家长们。2014年的游行从斯坦福大学附近的一个公园开始，游行了大约两个小时后，到一个公园结束。以下是这次游行的几张照片。

这是 Hoover 小学打的横幅。上面有他们的校名和文字。红色文字是：Home of the Hedgehogs!（这里是小刺猬的家园。）刺猬是这个小学的吉祥物（Mascot）。右上角还画了两个可爱的小刺猬，表达他们要保护好这些小动物的意愿。

这是 El Carmelo 小学的孩子们做的一个龙的模型。龙是这个小学的吉祥物。龙身上的一片片鳞片上写着一个个孩子的姓名。龙的脖子上挂着一个牌子，牌

子上的文字是 We are blue, we are white! El Carmelo is out of sight. Yea!（我们是蓝，我们是白！帅呆小学走过来！耶！）——注意 white 和 sight 的韵脚相同，因此汉语译文也押韵了。

这个小学的校服可能是蓝白相间的颜色，或者代表他们学校出去打比赛孩子们的球服是蓝白相间的颜色，所以他们说：We are blue, we are white! 学生常常用他们校服的颜色称呼自己，如某校的校服是 green（绿色）和 gold（金色），他们会说：We are green, we are gold.

out of sight 是成语，有多个意思，其中之一是 amazing, stunning, unbelievable, 或 awesome。

● May 6 TEACHER APPEC LUNCH（5月6日：教师节午餐）

APPEC = Appreciation 感谢

美国的教师节叫 Teacher Appreciation Day，也可以叫 Teacher Appreciation Week，因为教师节通常不只是一天，而是一周。如下图所示。

A　　　　　　　　　　B

美国教师节的来历：大约是 1944 年，阿肯色州的一位黑人女教师 Mattye Whyte Woodridge 认为教师有必要有个节日。于是，她给罗斯福总统的夫人 Eleanor Roosevelt 写了封信，表达了她的愿望。1953 年，Eleanor 终于说服了国会的议员们，投票通过了设立全国教师节。起初，教师节定在 3 月 7 日，1985 年开始改为每年 5 月的第一个完整周的星期二。

● May 6 PTA GENERAL MTG 8 AM（5月20日上午8点：家长教师协会例会）

PTA = Parent Teacher Association 家长教师协会

MTG = meeting

●May 20 PRINCIPAL'S COFFEE 8（5月20日8点：校长茶话会）

这是校长工作的一部分，定期或不定期地邀请家长、社会赞助团体或个人等到学校叙谈。

词汇学习

principal 中小学校长。president, chancellor 大学校长。dean 大学的院长，系主任。

拼写比较：principal 校长。principle 原理。

●May 20 PTA EXEC BOARD MTG 4PM（5月20日下午4点：家长教师协会执委会开会）

EXEC = executive 执行的

BOARD 委员会，董事会

●May 26 NO SCHOOL（5月26日：放假一天。这一天为阵亡将士纪念日）。

Memorial Day（阵亡将士纪念日）是公假日之一。这个节日原本用来纪念在美国南北战争中阵亡的将士，原定在5月30日这一天。但是，1971年国会通过法案，这个节日改为纪念所有为国捐躯的男女将士，同时将5月30日改为5月的最后一个星期一。2014年5月的最后一个星期一是5月26日，于是这一天就成了放假日。

虽然1971年国会通过了这个法案，但是南方有的州仍然按自己的时间纪念这个节日。如：密西西比州是4月的最后一个星期一，亚拉巴马州是4月的第四个星期一，佐治亚州是4月26日，南北卡罗来纳州是5月10日，路易斯安那州是6月3日。

除了纪念日期不同，有的州这个节日的名称也不同。如田纳西州叫 Confederate Decoration Day（联邦扫墓日），德克萨斯州叫 Confederate Heroes Day（联邦英雄日），等等。

●May 28 Carnival（5月28日：狂欢节）

                    A   B

    照片 A 中的文字是：SCHOOL CARNIVAL ～GAMES ～Prizes ～FOOD ～FUN（小学狂欢节 ～游戏 ～奖品 ～好吃的 ～开心）。

    照片 B 中是两个孩子在狂欢节做游戏。他们头上各悬挂一个气球，气球里装的是水。二人手中各自持一个打气筒，打气筒的气管通向对方的气球；坐好后，同时开始打气。谁打气快，谁就先把对方的气球打爆，气球里的水就浇下来。

● **May 29 LAST DAY OF SCHOOL**（5月29日：本学期最后一天）

                    A   B

    照片 A 中文字的汉语译文是：梦想可以成真。照片 B 中文字的汉语译文是：友谊就是享受求同存异。

　　　　　　A　　　　　　　　　　　　　　B

　　照片 A 中地面文字的译文是：此处只许上下车用。照片 B 中牌子上文字的译文是：学生上下车区。

　　　　　　A　　　　　　　　　　　　　　B

　　照片 A 中的文字是：KINDERGARTEN ONLY DROP-OFF AREA　BEGINS HERE（只许小学学前班使用，送孩子上学下车区。从此开始）。

　　照片 B 上的文字是：SCHOOL XING　BUMP（前面有小学生通过，注意减速带。）

　　SCHOOL XING 的意思是"school children are crossing"。XING = crossing，即 X = cross，加上 -ing。

第一部分　学　校

　　　　　　A　　　　　　　　　　　　　　B

　　照片 A 中可见一所小学旁边的告示牌，上下两块。上面的文字译文是：停车观察，注意过马路的行人。下面的是：过马路慢点儿，小心。Proceed 意为"行进"。照片 B 中文字的译文是：交通密集区，行人注意安全。

　　　　　　A　　　　　　　　　　　　　　B

　　照片 A 是路旁足球班招生的牌子，意思是"孩子爱足球"，底部有网址。这种牌子在学校周边经常看到，尤其是假期前，其中大多数是健身类的，数学、音乐、美术类的也有，但较少。

　　照片 B 是有摄像头采集信息的告示，上面文字的汉语译文是：摄像头监控告示。监控摄像头正在或可能在本区域拍摄。此处无隐私可言。监控摄像连续，为现场监控拍摄。

想去美国？先看懂这些照片

1.2　Classroom 教室

先看教室外，再看教室内。

1.2.1　Outside 教室外

从照片上可以看到一排教室，教室外有一排厚木板钉成的桌子，桌子两边是长凳子。桌子上有明显的红字告示：PEANUT FREE TABLE。这3个单词都认识呀：peanut 花生，free 免费的，table 桌子。这里免费供应孩子们吃花生？错了。

PEANUT FREE TABLE 的意思是禁止在桌子上吃花生。free 的意思是"禁止"。为什么禁止在这里吃花生呢？还是不明白。

原来，美国每年大约有 300 万 18 岁以下的青少年学生因吃或闻到花生或花生制品时会产生过敏，轻者皮肤红肿、瘙痒，重者呕吐、呼吸困难，甚至导致死亡。花生制品包括含花生酱的面包、三明治等。因此校方明确禁止在校园内食用花生或花生制品。

> **词汇学习**
>
> free 既表示"免费"，还表示"禁止"，如何区分？
>
> ● free ＋名词：免费的。如：
>
> free lunch 免费午餐　　　　　　free delivery 免费送货
>
> free wireless internet 免费上网　　free shuttle 免费班车

●名词 + free…：禁止……。即名词 + free 作定语。如：

smoke free office 禁止吸烟的办公室。smoke free 是定语。亦可 smoke-free。

tobacco free school 禁止吸烟的学校

peanut free table 禁止吃花生的桌子

photo free zone 禁止拍照区

hate free zone 这里禁止仇恨

如以下照片所示：

　　　　　　　　　　A　　　　　　　　　　　B

照片 A：禁止吸烟的学校。照片 B 中的三个大字是"这里禁止仇恨"。这是一所中学的标语，教育学生：这里是爱和宽容的场所，不是相互仇恨的地方。

词汇学习

●名词 + free…还可表示"无……"。如：

sugar-free milk 无糖的牛奶。亦可 sugar free milk。

water free fuel 无水的燃料

chemical free paint 无有害化学品的油漆

但是，也有例外。名词 + free 也可能表示"免费的……"。如 toll free call 免费电话。

这是一张打开门后教室内的照片。门上绿色方框内的文字是：Thank you for helping us GROW!（感谢你们帮助我们成长！）绿色方框四角的 4 个长方形红条上是该班 4 个老师的名字。门上一朵朵小花上分别写着各个小学生的名字。向教室内望去，可见挂满了孩子们画的图画和制作的五花八门的东西。靠墙有一个长条桌子，上面摆放着十几台笔记本电脑，人手一台。

A   B

照片 A 是一个教室的门口。门上方的墙上是该班教师的名字：MICHELLE HAUGHNEY。门上是一张欢迎的张贴画（见照片 B）。张贴画旁边是一张红色的告示，上面的文字是 FIRE EXTINGUISHER INSIDE（教室内有灭火器）。门的正中央是竖写的 WELCOME（欢迎）。最下面是当地教育基金会的募捐告示。

照片 B 上的文字是 Welcome to Third Grade（欢迎来到三年级）。Mrs. Haughney—Classroom Teacher（本班教师：Mrs. Haughney）。Jennifer—Classroom Aide（教师助理：Jennifer）。

A　　　　　　　　　　　　B

照片 A 是教室门口上方的一幅画，文字是：Come soar in Room 4（第四教室：天高任鸟飞），文字下面是一艘美国航天火箭。soar 高飞，腾飞。

照片 B 也是教室门口上方的一幅画，文字是：COME ON AN ADVENTURE IN ROOM 7 with Ms. Tsoroda & Mrs. Dreschke（第七教室：来吧，我们和老师 Ms. Tsoroda & Mrs. Dreschke 一起去探险。）

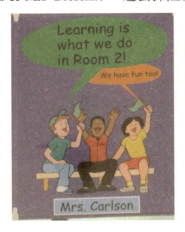 

A　　　　　　　　　　　　B

照片 A 是教室门口上方的一幅画，上面的文字是：Learning is what we do in

Room 2. We have fun too! Mrs. Carlson（第二教室：我们学得认真，玩得开心。教师：Mrs. Carlson。）

照片 B 是贴在教室门外墙上的一幅剪纸画——花盆里长出一棵花。花盆上的 5 个单词是：Courage, Honesty, Integrity, Responsibility, Perseverance（勇气、诚实、正直、责任心、毅力。）这 5 个单词的第一个字母是红色，5 个大写字母组成一个单词 CHIRP（开心地说笑）。靠近花盆的一朵花的花蕊上的文字是 CHIRP，黄色花蕊上的文字是 CHIRP，5 个花瓣分别是 Courage, Honesty, Integrity, Responsibility, Perseverance（勇气、诚实、正直、责任心、毅力）。

A　　　　　　　　　　B

照片 A 是教室外面墙上的张贴画，上面的文字是：Recycle!（回收！）Yes（可回收。）No（不可回收。）可回收物品中有文字说明的：Water（矿泉水瓶）、ALUMINUM FOIL（铝箔）、CARDBOARD（纸板）、PLASTIC CONTAINER（塑料罐）。不可回收物品中有文字说明的：JUICE（果汁包装盒）、CHIPS（薯条包装袋）、GRANOLA BAR（即食麦片包装袋）、RUBBER BAND（猴皮筋）。

照片 B 是教室外面墙上的张贴画，上面的文字是：Compost!（堆肥！）Yes（可做堆肥。）No（不可做堆肥。）可做堆肥物品中有文字说明的：MILK & JUICE CARTON（牛奶和果汁包装纸盒）、FOOD SCRAPS（食品残渣）、food tray—paper only（食物托盘——仅限纸质）、paper napkin（餐巾纸。口语中常叫 tissue）。不可做堆肥物品中有文字说明的：JUICE（果汁包装盒）、CHIPS（薯条包装袋）、GRANOLA BAR（即食麦片包装袋）、RUBBER BAND（猴皮筋）、PLASTIC BAG（塑料袋）。

1.2.2　Inside 教室内

这是一间小学教室，墙上的时钟显示是 8：25，再过 5 分钟，上午第一节课就要开始了。孩子们基本到齐。坐在椅子上的是教师 Mrs. Davidson。孩子们坐在一块大的地毯上，地毯上有一个个方格，一个孩子坐一个方格。教室里有几张大的台桌，每张台桌由几个孩子围坐在一起，每人一把椅子，椅子上有各自的名字。各自的座位并不是不变的，老师会根据教学需要随时调整。

A

B

照片 A 是教室内的一个告示牌，其中左上方黄色告示的文字见照片 B（英汉对照）。

想去美国？先看懂这些照片

Good Morning!	早上好！
When you come in, please…	进教室后，请……
1. Put on your nametag.	1. 戴上你的名字牌。
2. Take your chair down.	2. 放下你的椅子。
3. Wait for me quietly on the rug.	3. 坐在地毯上安静地等我。

实际上，第一条只是刚入学时要做。过一段时间，大家都熟悉了，知道叫什么名字了，就不再每天戴名字牌了。第二条是因为放学离开教室时，孩子们要把自己的椅子反扣到桌子上，以便于晚上专门打扫卫生的人员工作。于是，早上进教室后，要把自己的椅子从桌子上拿下来——Take your chair down。

A   B

照片 A 这个告示是请求家长做志愿者参与教学活动的。该班每周五有一次 Math Lab（数学实验室）活动，需要 5 位家长参与，请求有时间、有能力的家长在告示上签字。从照片上可以看到，5 月 2 日、9 日部分打上了叉，表示已经过去了。5 月 16 日有 5 位家长签名，表示这 5 位家长要在 16 日来教室里做志愿者。5 月 16 部分旁边用紫色笔写的 Last week，是老师写的，意思是 5 月 16 日是 5 月份的最后一次 Math Lab 课。告示右上方有个圈，里面的文字是：Fridays 8：30 - 9：20，意思是 Math Lab 课，每周五上午的 8：30 - 9：20。时间下面的文字见照片 B。汉语译文：诸位家长：我们想找 5 位家长帮忙，每周来一次，在数学实验室课上给各个学习小组以帮助。如果您能帮忙，请签字。谢谢！

第一部分　学　校

　　　　　　　　　　A　　　　　　　　　　　　B

　　照片 A 是家长们在分别辅导不同小组的孩子们学习数学。这些家长都是志愿者，不仅参与学校的教学，还参与学校管理的方方面面，比如社会捐款，是由家长们用业余时间参与管理，有的管会计，有的管出纳，有的管审计，等等。照片 B 就是一张邀请函，感谢为学校做过志愿者的家长们，上面的文字是（英汉对照）：

You are invited to…	邀请您光临……
Our Volunteer Appreciation Celebration!	感谢我们的志愿者答谢会！
Wednesday, May 21st 7∶45－8∶30 am El Carmelo Library	5月21日，星期三 上午7∶45—8∶30 学校图书馆
Please join us as we thank you for all you have done at El Carmeloschool!	诚请莅临 感谢你们 为 El Carmelo 小学 所做的一切！
Please RSVP to your child's teacher by May 14th.	请在5月14日之前 给您的孩子所在班的老师以回复
* Childcare will be available from 7∶45－8∶20 am on the playground.	您带孩子来有人帮助在游玩场看管 时间：7∶45—8∶20

21

RSVP 是法语 répondez s'il vous plat 的首字母缩写，相当于英语的 please reply（请回复），常用于信尾。

A   B

照片 A 是孩子们画的画，悬挂在教室里。孩子们的画很可爱——这是螳螂？哦，不是，因为画上的文字是：Giraffes are tall. Giraffes are gentle. Giraffes are fast runners. But giraffes are not pets. Luke.（长颈鹿高大。长颈鹿温顺。长颈鹿跑得快。但它们不是宠物。Luke 所画。）

照片 B，左边的是长颈鹿？怎么像是骆驼？哦，是可爱的长颈鹿。文字为证：Giraffes are very tall. Giraffes are quiet. Giraffes are gentle. But giraffes are not pets. By Briana（长颈鹿很高。长颈鹿安静。长颈鹿温顺。但它们不是宠物。Briana 所画。）右边的是大象？怎么背着乌龟的壳呀？

1.3　Coins 硬币

让低年级的学生认识硬币，是小学课程的一部分。在教室里，你会看到一本小册子，介绍美国的硬币。

从面值上分，美国的硬币有六种：1 cent, 5 nickle, 10 dime, 25 quarter, 50 cent, 1 $（1分、5分、10分、25分、50分、1美元。分是指美分。）美分和美元之间的换算关系和人民币的分和元之间的换算关系是一样的。中国没有 2 角 5 分的硬币，其他硬币的种类都有。

A   B

照片 A 是 1 美分硬币的正面，当中是林肯总统的头像，头上的文字是 IN GOD WE TRUST（我们信上帝）。IN GOD WE TRUST = WE TRUST IN GOD. 变换词序，以示强调信上帝的语气。背后的文字是 LIBERTY（自由）。胸前的 2005 是铸币年号，D 是铸币设计者姓氏的首字母。硬币外上方的文字是：This is a penny.（这是 1 分钱。）硬币外左边的红字是 FRONT（正面）。Abraham Lincoln 是美国第 16 任总统（1861－1865）。

照片 B 是 1 分硬币的背面。中间的建筑物是位于首都华盛顿的 Lincoln Memorial（林肯纪念堂）。纪念堂上方外圈文字是 UNITED STATES OF AMERICA（美利坚合众国）。纪念堂房顶上的文字 E·PLURIBUS·UNUM·是拉丁文，翻译成英语是 Out of many, one（合众为一）。纪念堂下面的文字是 ONE CENT（1 美分）。硬币外上方的蓝色文字是：A penny is a coin worth 1 cent.（1 个 penny 就是价值 1 分钱的硬币。）

A   B

想去美国？先看懂这些照片

照片 A 中的文字是：Why are pennies bigger than dimes? When coins were first made in 1793, a dime was made of silver at a size equal to its actual value. If a penny had been made of the real value in silver, it would be too small!（为什么 1 分的硬币比 10 分的大呢？1793 年第一次铸造硬币时，10 分硬币是银子做的，和银价等值。如果把 1 分硬币也做得和银价等值，就太小啦！）照片下方是 4 种硬币大小的比较。从右至左：1 分、5 分、25 分、10 分。

照片 B 中蓝色的文字是照片 A 中蓝色文字的一部分：Instead, pennies are made of copper and zinc.（于是，1 分的硬币由铜和锌的合金做成。）

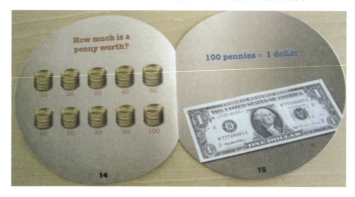

A

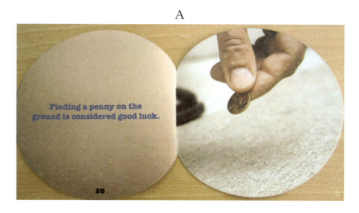

B

照片 A 中，左图上方的红字是：How much is a penny worth?（1 分钱的价值是多少？）右图的蓝色文字是：100 pennies = 1 dollar（100 美分等于 1 美元。）

照片 B 中的蓝色文字是：Finding a penny on the ground is considered good luck.（在地上能捡到 1 分硬币，被认为是你在走好运。）

第一部分　学　校

　　　　　　A　　　　　　　　　　　　B

　　照片 A 中的文字是：Put your pennies and other coins in a piggy bank and watch how quickly your savings can grow. （把 1 分硬币和其他硬币放进储钱罐儿，看看能攒多少钱。） pennies 是美国英语的复数，英国英语是 pence。penny，两种英语的单数相同，复数不同，币值也不同，汉语的传统翻译也不同。美国的 penny 是美分，英国的 penny 是便士。1 美分不等于 1 便士。因为 1 美分是 1 美元的 1%，1 便士是 1 英镑的 1%。1 美元不等于 1 英镑。也就是说，1 便士比 1 美分值钱。

　　照片 B 是 5 分硬币的正面。头像是美国第三任总统 Thomas Jefferson（托马斯·杰弗逊，1801—1809）。硬币外上方的文字是：This is a nickel. （这是 5 分硬币。）

　　　　　　A　　　　　　　　　　　　B

　　照片 A 是 25 美分硬币的正面。上面的头像是美国第一任总统 George Washington（乔治·华盛顿，1789—1797）。头像上方的文字是 UNITED STATES OF AMERICA（美利坚合众国）。脖子下面的文字是 QUARTER DOLLAR（1 美元的1/4，即25美分）。硬币外上方的红色文字是：This is a quarter.（这是1枚25美分的硬币。）

照片B是25美分硬币的背面。中间是美国国鸟秃鹰和橄榄枝。秃鹰头顶上的文字是拉丁文 E PLURIBUS UNUM，译成英语是 Out of many, one（合众为一）。再往上的半圈儿文字是：UNITED STATES OF AMERICA（美利坚合众国）。橄榄枝下面的文字是：QUARTER DOLLAR（1美元的1/4）。硬币外上方的红色文字是：A quarter is a coin worth 25 cents.（两角五硬币的币值是25美分。）

1.4　Open House 公开课

Open House 有多种含义，如学校的公开课、房屋销售中的公开看房日、消防队员公开训练演习等。学校的 Open House，就是老师讲课，向家长和社会开放，让大家去课堂上观摩、考察。

　　　　　　　A　　　　　　　　　　　　　　　B

照片A中，左上角红色圆中的文字是：come see our class in action! Call 650－618－3325（请到我们班上来，看看我们的课是怎么上的！联系电话650－618－3325。）白帆布上的主要文字（自上而下）：milestones PRESCHOOL 3864 middlefield road in palo alto open house Saturday may 10, 1－4pm（Milestones 幼儿学前班，Middlefield 路3864号，帕洛阿尔托市，公开课 星期六5月10日 下午1—4点。）

照片B中文字的汉语译文是：Milestones 幼儿学前班。5岁孩子的课和所有的课程都是公开课。联系电话650－618－3325。

young 5's = young fives，意思是"5岁的孩子"。

第一部分　学　校

　　　　　　　　　　A　　　　　　　　　　　　B

　　照片 A 是一幅张贴画，画面上有一个老师和课桌，老师张开双臂表示欢迎，她的脚下是 CLASSROOM，表示站在教室里欢迎大家来。画面上的文字的汉语意思是"公开课教室"。

　　照片 B 是一张请帖，上面的文字汉语意思是：欢迎您到 Mrs. Davidson 的教室里来上公开课。8 月 6 日，周五 下午 3 点，EL 小学 308 教室，BRYANT 大街 3024 号。

1.5　PE 体育

　　PE = Physical Education 体育。在 Commonwealth（英联邦）国家里，PE 也叫 PT = Physical Training。

　　　　　　　　　A　　　　　　　　　　　　　　　　B

27

想去美国？先看懂这些照片

照片 A 显示的是一所小学的两个 ball wall（球墙）。球墙是用来打 wall ball（墙球）的。墙球不是壁球。壁球叫 squash，用球拍打，三面有墙，通常在室内。而 wall ball 就一面墙，用手打球，不用球拍，通常在室外。墙球的球比壁球的球大多了。图示比较：

wall ball（墙球）　　　　　　　　　　squash（壁球）

照片 A 中的球墙上贴着一个告示，上面的文字见照片 B。文字中，有意思的是第 4 点：All disputed fouls/ outs/ moves will be handled with back-to-back Ro-sham-Bo (yard duties are also available to help)（犯规、出界、动作，如有争议，可以用连贯的"石头剪子布"来裁判，也可找课间活动安全员老师来裁判）。

词汇学习

● back to back 连续，背靠背。要根据语义环境确定这两个词义是哪一个。如：

back-to-back bench in a park 公园里背靠背的长椅子

back-to-back 背靠背的座位

three championships back to back 三连冠（不是三次背靠背冠军）

a back-to-back game (NBA) 连日比赛（不是背靠背比赛）

back to back 的词源和"背"没有关系，而和"墙"有关。15 世纪时，英国人盖房子，为了省钱，往往两家人共建一个后墙共用，这种房子就叫 back-to-back house。因为两家墙连在一起，于是 back-to-back 慢慢演绎出了"连续"的含义，成为英语成语。

●Ro－sham－Bo 石头剪刀布

Ro－sham－Bo 也叫 rock－paper－scissors（石头纸剪刀）。这种手技有的说源于中国，有的说源于地中海，但玩法一样。怎样玩，见下图。

A　　　　　　　　　　　　B

●yard duty 课间安全员

yard duty 的责任是确保学生课间活动（游戏、使用器材等）的安全。

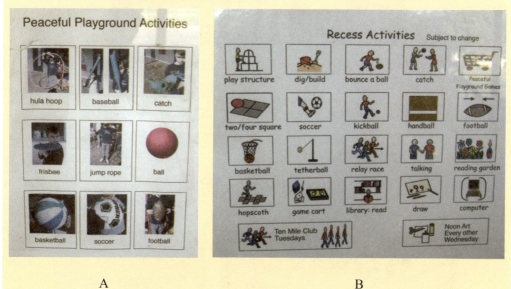

A　　　　　　　　　　　　B

照片 A 上的文字是：Peaceful Playground Activities（操场上安全运动），hula hoop（呼啦圈），baseball（棒球），catch（接发球），frisbee（飞盘），jump rope（跳绳），ball（球类），basketball（篮球），soccer（足球），football（橄榄球）。

照片 B 上的文字：Recess Activities（课间活动），subject to change（自由变更），play structure（攀爬），dig/build（掘土/盖房），bounce a ball（拍球），catch

（接发球），Peaceful Playground Games（安全游戏），two/four square（跳 2/4 方格），soccer（足球），kickball（儿童足球），handball（手球），football（橄榄球），basketball（篮球），tetherball（绳球），relay race（接力跑），talking（聊天），reading garden（阅读园地），hopscot（跳房子），game cart（游戏车），library: read（图书馆：阅读），draw（绘画），computer（电脑），Ten Mile Club Tuesdays（10 英里跑俱乐部，周三），Noon Art every other Wednesday（午间画画，隔周三）。

业余球队民间比赛获冠军了！教练给每个孩子做了一个棒球队员雕像，雕像底座上有每个孩子的名字。骑在教练肩膀上的是教练的儿子，其他孩子是教练儿子同班或同年级的同学。

美国是体育强国，这和发展强大的民间体育不无关系。

1.6　Library 图书馆

A

B

照片 A 是图书馆入口处的标语：欢迎来 El Carmelo 图书馆！照片 B 是入口处的告示：请擦干净您的鞋！

A　　　　　　　　　　　　B

照片 A 上的文字是"图书馆，请安静"。照片 B 上的文字是"请不要在图书馆里吃食物、喝饮料！"。

照片上，老师在图书馆里给学生们讲故事。

 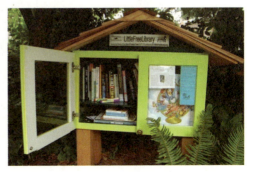

A　　　　　　　　　　　　B

想去美国？先看懂这些照片

照片 A 中，3 个小朋友在读书。他们看的书是从旁边 Little Free Library（小小自由图书馆）里拿出来的。这种 Little Free Library，实际上就是一个竖起的大箱子，上面有个小屋顶防雨水（见照片 B）。这种小小图书馆无人管理。门是无锁的，谁都可以拉开取书阅读，也可以带回家去。带走的书，还不还都靠自觉。当然，你也可以把你不需要保存的书放进这个图书馆里，供别人分享。Take a book, leave a book 是这种图书馆的潜规则。曾看到一个美籍韩国母亲，开车带着她的小儿子来到 Little Free Library，放进去两大包自己的书，整整齐齐排好后，她儿子拿了两本别人放进去的书，带回去阅读了。

　　　　　　A　　　　　　　　　　　　　　B

照片 A 是马路旁边的一个 Little Free Library。这种小小自由图书馆在马路旁、公园里、小学里、家门口、教堂附近……常见到。照片 B 是一个小姑娘在 Little Free Library 挑选书。

美国第一个 Little Free Library 是 Todd Bol 在 2009 年创建的。那一年，Todd Bol 的母亲去世。他母亲生前是教师，喜欢读书。于是，他在自家院子里建造了这样一个小小图书馆，把他母亲爱读的书放进去，以此缅怀母亲。他的行为引起了另外一个人的共鸣，两个人发起了建立 Little Free Library 的倡议。结果，邻居、家长、小学校以及社会各界纷纷响应。短短几年，这种 Little Free Library 不仅在美国展开，而且走向了世界，如英国、澳大利亚、德国、意大利、印度等。

1.7　Book Fair 书展

　　　　　A　　　　　　　　　　　　　　B

照片 A 是一个告示，红色的是一根香蕉，不太像，上面的文字是：

英语	汉语
Bananaseed Book Fair!	香蕉种子书展！
May 5 – 9	5月5—9日
M. T. Th 8∶00 – 3∶30	周一、周二、周四 8∶00—3∶30
W 8∶00 – 2∶00　F 8∶00 – 8∶30	周三 8∶00—2∶00　周五 8∶00—8∶30
Stories, Milk & Cookies T May 6 6∶30 – 8∶00	故事会、牛奶和小吃　周二 5月6日 6∶30—8∶00

　　照片 B 也是书展告示。白布的右边是一幅卡通画，是两个香蕉人，黄色的香蕉画得还有点儿像。香蕉人下面的文字是：Banana Seed　Books and Media（香蕉种子书展　书籍和电子书。）Media 指光盘、电脑阅读软件等。此处 Media = ebooks（electronic books）。白布上的黑色文字是"书展即将开始"。

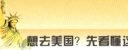

想去美国？先看懂这些照片

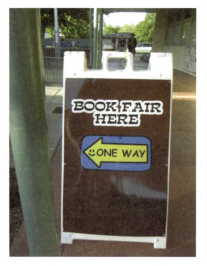

　　　　　　A　　　　　　　　　　　　　B

照片A上的文字是BOOK FAIR HERE　ONE WAY（书展在此　单行道）。

照片B上的文字的汉语译文是：欢迎来到书展！请把您的背包放在外面！

　　　　　　A　　　　　　　　　　　　　B

　　照片A是书展大厅内的一个告示牌，牌子下面是一个大塑料筐。从告示上的文字可以看出那个大塑料筐是做什么用的：SHARE BASKET　PLEASE DON'T WASTE FOOD　PLEASE PLACE UNOPENED ITEMS IN BASKET（共用筐　请不要把食物垃圾放进去，只许放进未打开的小件物品。）

　　照片B是书展大厅内的一个门口，门子上的文字是：Please do not block!（请勿堵塞此门！）门上有张蓝色纸条，上面的文字是SPECTRA（彩绘）。门上的文字是说：别把这个门堵上，里面有人在学习彩色绘画。此处的 SPECTRA = Spectra Art（光谱绘画），是小学里的一门课，实际上就是彩色绘画，图画课，儿童用各种彩色笔学习绘画。

A　　　　　　　　　　　　B

照片 A 上文字的译文是：不要把这个箭头后面的窗帘拉上。谢谢。这个告示是为了书展大厅的采光。照片 B 是图书销售价和税后价的列表，左边是税前价格，右边是税后价格。

从列表中可以看出，如果你买一本书的价格是 $ 0.50，你要付 $ 0.54。你还要付 $ 0.04 的 sales tax（购物税）。0.04÷0.50＝0.08＝8%。也就是说，该地区的购物税是 8%。

在美国超市买东西，付款后给你打出的条子上都有你这次购物交了多少税钱，一清二楚，明明白白。在中国超市买东西，付款后给你打出的条子上只显示购物款，没有税钱。是不是中国人购物不交税呢？不是。中国的任何商品都是加税后销售的。实际上，人人都是纳税人，包括婴幼儿。

美国的 sales tax（购物税）各州不一，自行规定。加州最高，约 8%。科罗拉多州较低，约 3%。以下 5 个州是 0%：蒙大拿州、俄勒冈州、特拉华州、新罕布什尔州、阿拉斯加州。超市购买蔬菜、水果等生食品不纳税，但熟食要交税。

想去美国？先看懂这些照片

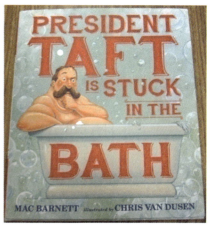

　　　　　　　A　　　　　　　　　　　　　　B

　　书展期间的故事会上，老师在给孩子们讲故事。她手中拿的书，就是书展中的一本，书的封面见照片 B，上面的红色文字是书名，汉语译文：《塔夫特总统卡在浴盆里》。下面是这本书中的插图：

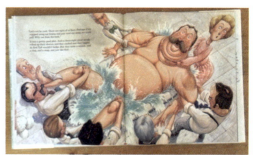

　　　　　　　A　　　　　　　　　　　　　　B

　　Taft（塔夫特）是美国第 27 届总统（1909—1913）。他身高 1.8 米，体重 308 斤，是历届美国总统中最重的。说他在白宫洗澡被卡住，那只是个传说，无从考证。然而，总统的肥胖却演绎成了大众开心的民间故事。在美国，拿总统开涮司空见惯，不算什么事。

1.8 5th Grade Promotion Ceremony 5年级升级仪式

美国的中小学教育阶段的结构大致如下表所示：

Grades 年级	Name 名称
9—12	high school 高中
6—8	middle school 初中
1—5	elementary school 小学
K	kindergarten 学前班

小学 5 年级毕业后，就要升到初中了。K—5 表示从 kindergarten 到 5 年级，已经学习了 6 年。小学毕业典礼通常很隆重，这是孩子们生活中一个重要的转折点。

这是 EL CARMELO ELEMENTARY SCHOOL 五年级毕业典礼的现场。横幅上的文字是：Congratulations 5th Graders!（祝贺 5 年级同学毕业！）横幅前面站着的是 5 年级学生，还有一个班的学生正在从右边排队进入。面对横幅坐着的是 1—4 年级的学生。戴礼帽的高个子男人是校长。

A B

照片 A 是会场左侧的美国国旗和加州州旗。加州州旗也叫 Bear Flag（熊旗），因为旗中央有一个灰熊的图案。州旗上的文字是 CALIFORNIA REPUBLIC（加州共和国）。一个州怎么能叫"共和国"？加州在加入美国联邦之前叫"加利福尼亚共和国"，州旗就这样沿袭下来，没有改旗易帜。

照片 B 是会场左侧的小乐队，由该校的 4 位小学生组成。

A B

照片 A 是校长和每一个毕业的学生握手。照片 B 是校长把毕业证一一发给学生。

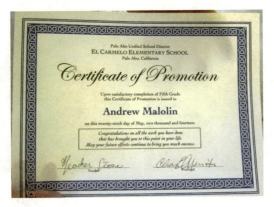

这就是小学毕业证书，文字从上至下是（英汉对照）：

英语	汉语
Palo Alto Unified School District	帕洛阿尔托市联合校区
El Carmelo Elementary School	El Carmelo 小学
Palo Alto, California	加利福尼亚帕洛阿尔托市
Certificate of Promotion	升级证书
Upon satisfactory completion of Fifth Grade	圆满完成了 5 年级学业后
This Certificate of Promotion is issued to	兹发本证书予
Andrew Malolin	Andrew Malolin
On this twenty-ninth day of May, two thousand and fourteen.	于 2014 年 5 月 29 日
Congratulations on all the work you have done	祝贺你完成了各项学业
That has brought you to this point in your life.	使你达到了你一生中的这个转折点
May your future efforts continue to bring you much success.	祝你继续努力获得更大的成功
Teacher　　　Principal	教师　　　校长

想去美国？先看懂这些照片

A　　　　　　　　　　　　　　B

照片 A 中，蓝色气球是一位家长打出的标语，上面的文字是：Go confidently in the direction of your DREAMS（坚定地朝前走，向着你的梦想。）照片 B 是一位家长打出的气球标语，上面的文字是 CLASS OF 2014（2014 届）。

A　　　　　　　　　　　　　　B

照片 A 是学生和老师合影留念。照片 B 是典礼结束后，学生、老师、家长共进午餐。

1.9　Walk to School Day 步行上学日

　　Walk to School Day（步行上学日）不是美国的发明，而是 1995 年起源于英国。但是，这个活动现在已遍布全世界。1998 年，在芝加哥和洛杉矶有了步行上学周，随后在全美有很多地方效仿。但是，这种活动并不统一，如有的小学要求学生每周有一天步行上学，不许家长用汽车接送，不过骑自行车可以。这项活动很好，既环保节能，又有益减肥。

　　　　　　　A　　　　　　　　　　　　　　　B

以上照片都是步行上学日这天家长带孩子去上学。

　　　　　　　A　　　　　　　　　　　　　　　B

　　照片 A 是孩子们"乘坐"步行校车去上学，"校车"的文字是 WALKING SCHOOL BUS（步行校车）。照片 B 也是孩子们兴高采烈地"乘坐"校车去上学。她们手中拿的是"校车"的"车头"，"车头"上的文字是 WALKING SCHOOL BUS（步行校车）。

　　　　　　　A　　　　　　　　　　　　　　　B

41

照片 A 是孩子们手拿"校车"模型去上学,"校车"上的文字的汉语译文是"步行校车日"。看他们多么高兴!

照片 B 中牌子上文字的汉语译文:步行校车站。步行校车有自己的车站,即沿途设几个集合点,孩子们按时到那里等候步行校车到来,然后大家一起"开着校车"去上学。

A   B

照片 A 是一个步行校车站,站牌上图文的汉语意思是"DAPPLEGRAY 小学的步行校车站"。照片 B 上图文的汉语意思是"结队步行去上学"。也就是"乘坐"步行校车去上学。

1.10　100th Day 入学百日节

美国的小学教育从学前班(kindergarten)开始,也就是说,kindergarten 是中小学教育结构的一部分。Kindergarten(学前班)常用 K 表示。

学前班的小学生入学 100 天有一个节日——100 Days 或 100th Day(入学百日节)。

　　　　　　　　A　　　　　　　　　　　B

　　图片 A 的译文是"入学百日节快乐！"。照片 B 是入学百日节时，老师发给孩子们的书签——My 100 Days of School Bookmark（入学百日节书签），让孩子们在横线上填词语完成 5 句话。这位叫 Luke 的小朋友完成的 5 句话是：

　　I wish I had 100 ___friends___ . （我希望我有 100 个朋友。）

　　I wish I could eat 100 ___muffins___ . （我希望我能吃下 100 个小松饼。）

　　I wish I could see 100 ___sharks___ . （我希望我能看到 100 条鲨鱼。）

　　I wish I had 100 ___days of vacation___ . （我希望我能有 100 天的假期。）

　　But I'd never want 100 ___boo‑boos___ . （但是，我决不愿意受 100 次小伤。）

1.11　Mother's Day　母亲节

　　母亲节源于美国。20 世纪初，费城一位名叫安娜的女士，其母亲去世了。她深爱自己的母亲，并萌发了一个想法，应在全国有一个感谢母亲的节日。为此，安娜奔走呼号。1914 年，美国国会通过决议后，威尔逊总统签署文件，把每年 5 月的第二个星期日定为母亲节。

　　母亲节这天，孩子们要尽力而为，替母亲做事情，让母亲高兴。如把早餐端到母亲身边、给母亲送鲜花等。学校会在母亲节到来之前开展许多活动。如把母亲们请到学校，喝杯咖啡、吃块蛋糕；让小学生描述母亲是怎样的人，说出为什么爱母亲；孩子们把手工做的花、卡片献给母亲，感谢母亲付出的劳动和心血。

在英国，母亲节叫 Mothering Sunday，日期是每年复活节前的第四个星期日。目前，世界上已有 100 多个国家有母亲节，名称、日期不完全一致，但目的一样——感恩母亲。

　　　　　　A　　　　　　　　　　　B

照片 A 是商店门前的促销广告，上面的文字是：Appreciate the moment complementary gift WRAPPING available 5/5 – 5/11 MOTHER'S DAY　SUNDAY 5/11/14（机不可失。免费包装礼品：5 月 5 日至 5 月 11 日，母亲节，2014 年 5 月 11 日星期天）。其中的 complementary 写错了，应该是 complimentary。

词汇辨析

complementary 和 complimentary 就差一个字母的区别，但词义差之千里。

● complementary 般配的，互补的。例句：

My spouse and I have complementary goals.

我的配偶和我相互取长补短，琴瑟和谐。

● complimentary 免费的，赠送的；赞美的，夸奖的。例如：

complimentary tickets 赠送票

complimentary service 免费服务

She made complimentary remarks about his work. 她夸奖了他做的工作。

照片 B 是小学生在老师指导下手工制作的礼物——牛奶巧克力，下部的文字是现成的：I love you with a cherry on top!（我爱你，妈妈，把顶部的红樱桃献给您！）红樱桃上的 mom 是孩子写的，当中描述母亲的文字也是孩子写的：busy, smart（忙碌、聪明）。

　　　　　　A　　　　　　　　　　　　　　B

照片 A 是小学生手工做的一本小书，封面的文字是：My Mother: A True Story By: _____（我的母亲：一个真实的故事　作者：_____）

照片 B 是小书中一页的内容（英汉对照）：

All About My Mom	我妈妈就是这个样子
My mom is happy when *I go to bed early.*	我早点儿上床睡觉，我妈妈就高兴。
My mom's favorite color is *silver.*	我妈妈最喜欢银色。
My mom really likes to *shop.*	我妈妈总是喜欢去购物。
My mom always forgets *not watching tv.*	我妈妈健忘，老是不看电视。

My mom always forgets not watching tv. 应为：My mom always forgets watching tv. 小学生写东西不规范，很正常。

A   B

照片 A 中的文字是：

What I really like about my mom is that she is nice.（我喜欢我妈妈，因为她好。）

My favorite things to do with mom are chatting in bed.（我最喜欢和妈妈在床上聊天。）

I love it when my mom lets me have a play date.（我喜欢妈妈让我和小朋友一起玩儿。）

play date 的意思是小朋友在一起玩儿。

照片 B 中的文字是：Here is a picture of the things in my mom's purse:（图上画的就是我妈妈钱包里的东西：）有 5 件东西：1. 发带。2. 口红。3. 信用卡。一分的硬币。1 美元的纸币。Happy Mother's Day! Love,＿＿＿＿＿＿（母亲节快乐！爱你，＿＿＿＿＿＿。）

A   B

照片 A 中的文字是：

How My Mother Looks（我妈妈什么样子）

My mother's hair is long.（我妈妈的头发长。）

She is as tall as Mrs. Davidson. （她和戴维森夫人一样高。Mrs. Davidson 是这位小学生的老师。）

She weighs about 100 pounds. （她的体重是大约 100 磅。）

My mom's eyes are brown. （我妈妈的眼睛是褐色的。）

My mom looks best when she wears her jacket. （我妈妈穿着夹克时最好看。）

照片 B 中的文字是：Here is a picture of my mom! （这就是我妈妈的画像。）

1.12　Pajama Day 睡衣节

美国的节日五花八门，睡衣节算是其中之一。睡衣节就是中小学生在这一天穿着睡衣去上学。睡衣节在全国并没有一个统一的日期，但是在中小学生中很流行。这个节日的来源众说不一，较靠谱的说法是下面这个故事。

20 世纪 60 年代是美国历史上年轻人狂热追求奇异事物的高峰期。1969 年的一天晚上，纽约郊区一所中学的 100 多个高中生，放学后不回家，穿上睡衣狂欢。半夜里饿了，他们把学校餐厅的食物扫荡一空。学生们得意忘形，第二年并号召其他中学生一起过睡衣节。不出几年，睡衣节风靡全国。

A　　　　　　　　　　　　B

照片 A 是张贴画，上面的文字是"Pajama Day!（睡衣节!）"。照片 B 是穿着睡衣上学的小学生。

1.13　Lost and Found 失物招领

A　　　　　　　　　　　　　B

照片 A 显示，在教室门口的走廊的尽头，有一个绿色的长方形台子，上面贴了一张白纸，纸上的文字见照片 B：LOST－N－FOUND（失物招领）。捡到的物品可以放到这里，丢失物品的孩子可以到这里看看有没有自己的东西。其中，N = and。

A　　　　　　　　　　　　　B

照片 A 是一个小学校办公室门口的失物招领处。照片 B 中，左边告示上的文字是 LOST & FOUND（失物招领）。右边告示上的文字是：All unclaimed items will be donated on Friday, December 20 COTS Salvation Army. 完整的意思应该是：All unclaimed items will be donated to COTS, Salvation Army. Please come to pick up any lost items before FRIDAY, DECEMBER 20th!（无人认领的物品将捐献给临时收容所和童子军，请务必于 12 月 20 日星期五之前来认领丢失的物品！）COTS = Coalition on Temporary Shelter（临时收容所）。Salvation Army 童子军。

1.14　Activities 活动

A　　　　　　　　　　　　B

照片 A 是学生们在演话剧。照片 B 是学生们在看动画片电影，学生家长推着车给孩子们分发食品、饮料。看电影，还有吃有喝，够美的。

A　　　　　　　　　　　　B

照片 A 是一所小学的游乐场一角，孩子们在攀爬一种网架。这种网架在小学、公园里很常见。照片 B 是一个游乐场，上面的文字是：PLAY STRUCTURE FOR KINDERGARTEN GRADE 1, 2, 3 STUDENTS（游玩设施供学前班一、二、三年级学生使用。）

1.15　Parade 游行

游行示威是常见的公民活动。下面是一组游行照片。游行从斯坦福大学附近的一个公园开始,进入街道后,游行约2个小时到达另一个公园结束。

A　　　　　　　　　　　　　　B

照片 A:道路关闭　绕行　社会公共活动。

照片 B:帕洛阿尔托市警察局电话329-2406　本街区　禁止停车　日期:2014年5月3日。时间:早上5点至下午3点。违者的车将被拖走。依据加州车辆管理法规第22651条款。张贴日期:4月28日。CVC = CALIFORNIA VEHICLE CODE 加州车辆管理法规。

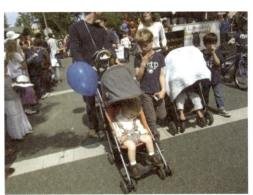

A　　　　　　　　　　　　　　B

照片 A 中的游行队伍行进方式千姿百态,有脚蹬踏板车的、有踩滑板的、有穿旱冰鞋的、有骑自行车的、有步行的、有坐婴儿车的……照片 B 中的宝贝:爸爸游行,我睡觉。

第一部分　学　校

　　　　　　A　　　　　　　　　　　　　　B

照片 A 中的小朋友多气定神闲，自制全裸无篷高级跑车，背后的发动机不烧油，如此绿色环保跑车，全世界也许就这一辆了。

照片 B 中的游行者手里拉着的黄色标语是 German American School（德美学校）。

　　　　　　A　　　　　　　　　　　　　　B

舞狮子的过来啦（照片 A）。高跷表演，空中晃呼啦圈，技术够高的（照片 B）。

　　　　　　A　　　　　　　　　　　　　　B

照片 A 是游行结束后，游行队伍会最后进入这个公园。小女孩的座椅背后

51

有一个红底白字告示，上面的文字是：Please Keep Clear For Bands（乐队预留。）照片 B 是一个民间乐队为到达公园后的孩子们演唱。

　　　　　　　A　　　　　　　　　　　　　　B

照片 A 是一个展台旁边的牌子，牌子的左上方是一颗象征爱的白心，白心内外的文字合起来是 PALO ALTO FRIENDS OF THE ANIMAL SHELTER，意思是请本市保护动物的朋友献爱心。下面的文字是 JOIN US TODAY（现在就和我们一起来）。

照片 B 就是展台。桌子上有个白色蓝盖的盒子，上面的文字是：Donations For Palo Alto Animal Shelter（为保护本市的动物募捐。）

　　　　　　　A　　　　　　　　　　　　　　B

照片 A 是一个街头手艺人在做小生意。她头上、身上有许多彩色塑料管，这些塑料管用一个钢笔粗细的小打气筒充气后，可以做成各种各样的动物，栩栩如生，很受孩子们欢迎。

照片 B 是志愿者自行组织的急救站、咨询处、走失儿童收容和认领处。黄色标识上的文字是 FIRST AID（急救）。挂在桌子上的标识文字是：Lost Children

Information　Volunteers（丢失儿童收留处　咨询处　志愿者）。

　　　　　　A　　　　　　　　　　　　　　　　B

　　照片 A 是为游行保驾护航的消防车，跟在游行队伍后面，最后到达。它的功能不仅是灭火，还有救险和医疗救护。

　　照片 B 中金色花瓣上的文字是：FIRE　RESCUE　EMS（灭火　救险　紧急医疗救护）。EMS = Emergency Medical Service。

1.16　Traffic Guards 交通协警

　　　　　　A　　　　　　　　　　　　　　　　B

　　照片 A 是一所小学旁边的一个十字路口。举着红牌子 STOP 的是交通协警。交通协警有工资，但比较低。

　　照片 B 中，交通协警看到孩子们过来了，举起牌子让车辆停下来。交通协警并不是总站在马路中间。看到有孩子过来，她就会走进马路履行职责。没人没车时，她会站在路旁守候、观察。从照片上还可以看到，上学的孩子们有的步行，有的骑着自行车，有的踏着滑板，有的是自己去上学，有的是家人带着

53

去上学。但是，他们都有一个同感：过马路时，很安全。

1.17　School Bus 校车

A　　　　　　　　　　　　　　B

　　照片 A 是一辆停在一所小学门旁的校车。校车车头上方有 SCHOOL BUS 字样。从照片 B 中可以看到，校车的顶部有红绿灯。校车上的红绿灯很厉害，它的红灯一亮，前后车辆都要立刻停下来，警车也不例外。

　　和校车司机聊天，他说美国校车生产厂家不同于普通汽车制造商，要求很高。网上有照片，关于一辆悍马车从后面撞上一辆校车，结果悍马散架了，而校车毫发未损，有这事吗？他说，问他那有可能。他开的这辆车就是一个原坦克军工厂生产的。

1.18　Safe Place 安全的港湾

A　　　　　　　　　　　　　　B

照片 A 是 YMCA（= Young Men's Christian Association 青年基督教协会）游泳池门口的画面。可以看到，在房子的墙壁上有个黄色的菱形标示，上面的文字见照片 B：SAFE PLACE（安全的港湾）。其中，字母 A 用一个小房子形象地代替。这个标识是什么意思呢？这是为危急中的青少年设置的临时避难场所。有这样标识的场所在美国有 2 万多个，旨在帮助那些离家出走、无家可归、处于家庭暴力下等危急中的孩子们。

想去美国？先看懂这些照片

2 High School 中学

2.1　Notice 告示

　　　　　　A　　　　　　　　　　　B

　　照片 A 是 Jordan 中学的牌子。这所中学的全称是 David Starr Jordan Middle School，是以斯坦福大学的第一任校长 David Starr Jordan（1851—1931）的名字命名的。

　　照片 B 中牌子的顶部校名是 J. L. 斯坦福中学。右上方的白色长方形方框内有 JLS（校名缩写）字样，上面有一只美洲豹（Panther），是这个中学的吉祥物（Mascot）。牌子上右边的红字就是 Home of the Panthers（美洲豹之家）。牌子上的黑字是：HAVE A FUN SUMMER!! JUNE 19 OFFICE CLOSED　AUG. 6 OFFICE OPENS　13 JUMP START DAY（祝大家暑假开心！！6 月 19 日办公室关门。8 月 6 日办公室开门。8 月 13 升级日。）JUMP START DAY 是各年级升级的日子。

　　JLS ＝ Jane Lathrop Stanford Middle School。Jane Lathrop Stanford 是斯坦福大学创办投资人 Leland Stanford 的夫人。

　　NBA 华裔篮球明星林书豪（Jeremy Lin）就是在这里上的初中，他家就在学校附近。林书豪曾在 2012 年的 New York Knicks（纽约尼克斯队）打首发

（starting line-up），被誉为 Linsanity（林疯狂）。

　　　　　　　A　　　　　　　　　　　　　　B

照片 A 的文字译文：J.L. 斯坦福中学的校园，只有佩戴证章的教职员工、学生和登记过的来访者可以进出。依据加州刑法法规第 626.8 条款。C.P.C = California Penal Code。这个学校没有院墙，没有门，旁边连着一个公园，因此去公园的人，很多就从学校穿过。

照片 B 的文字译文：罗老师的学生们：请沿墙排成一列纵队。line up 排队。file 纵队。row 横队。

　　　　　　　A　　　　　　　　　　　　　　B

照片 A 中的文字：Please use the other door!（请走旁门！）也可以说 Please use other door，意思一样。

照片 B 是周一至周五的 daily schedule（日程表）。1 period（一节课）都是 55 分钟。唯有 9∶15—10∶15 是 1 个小时，原因是 9∶15 开始后会有 5 分钟广播各种通知等，所以依然是 55 分钟的上课时间。

有意思的是，10∶15—10∶25 是 10 分钟的 Brunch。什么是 Brunch？Brunch = breakfast + lunch，即早午饭合在一起吃。而 2 个小时后又是一顿 Lunch。

下午 3∶00—3∶05 的 5 分钟是 T. E. A. M.。T. E. A. M. = Tutoring, Enrichment, Activities, and Make-up（辅导、强化、活动、补课）。3∶05 之前老师和学生都不能离校。周三除外。

周三下午的 1∶05—1∶45 之间的 40 分钟时间是 Wednesday Instructional Period（WIP，课外活动指导时间），具体活动内容由各班老师安排，如爵士乐队排练、运动队训练等。1∶45 后，老师、学生都可以离校了。

A　　　　　　　　　　　　　B

照片 A：交通密集区，过路行人要小心。proceed 行进。照片 B 中图文的汉语意思是"小心儿童"。

2.2　History 历史

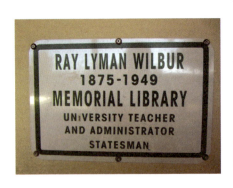 

A　　　　　　　　　　　　　B

照片 A 是图书馆门旁的纪念牌，上面文字的汉语译文是：威尔伯（1875—1949）纪念图书馆。大学老师和管理者、政治家。这个图书馆叫纪念图书馆，是纪念一个叫 Ray Lyman Wilbur 的人。

Ray Lyman Wilbur 是斯坦福大学的第二届学生，1896 年获医学学士学位并留校任教，1897 年获硕士学位，1899 年在旧金山 Cooper Medical College 获博士学位。1916—1943 年担任斯坦福大学的第 3 任校长。1929—1933 年担任美国政府的内政部长，期间是他的同学 Herbert Hoover（胡佛）担任第 31 届美国总统。

照片 B 是钉在墙上的一块牌匾。从牌匾中可以看到：威尔伯初级中学建于 1953 年 9 月 10 日。BOARD OF TRUSTEES（董事会）的人名单中有校长、副校长、总监、建筑设计师。最底部的文字是：ENTER TO LEARN—GO FORTH TO SERVE THIS PLAQUE PRESENTED BY THE CLASS OF 1959（进校门学习——出校门服务 此匾由 1959 级敬献。）这所中学在 1985 年和 Jordan 中学合并，改名为 J. L. STANFORD MIDDLE SCHOOL（J. L. 斯坦福中学），沿用至今。1991 年，Jordan 中学脱离出去，又独立办学。

2.3　Kindness—Our Norm 善良是我们的准则

A　　　　　　　　　　　　　　B

照片 A 是墙上的一幅张贴画，文字是 Kindness is the norm（善良是我们的准则）。

照片 B 是贴在门上的一张纸，上面的文字是：An eighth grader's trash blew away in the wind and she was chasing after it. A sixth grader saw what was happening and ran after it himself and picked it up and threw it away for her. （一个 8 年级学生手中的垃圾被风刮跑了，她在后面追赶。一个 6 年级的男生看到了这一幕，于是跑过去把垃圾捡起来，帮她扔到垃圾桶里了。）grade 年级，grader 年级生。

想去美国？先看懂这些照片

I spent my morning at the doctors office setting up CT scans and other tests to determine why I haven't been feeling well. When I stopped at the drive through for lunch, the young woman at the payment window told me the car in front of me, sporting JLS achievement stickers, had already paid for my meal. It was a small act of kindness but just what I needed after such a rough morning. I will be paying it forward.

HATE FREE ZONE

A　　　　　　　　B

照片 A 是贴在门上的一张纸，上面的文字译成汉语是：我用了一个上午看医生，做了 CT 扫描和其他化验，看看我为什么近来身体不好。然后，我开着车排队买午餐。轮到我时，付款窗口的姑娘对我说，我前面那辆车替我付了钱，那车上贴有斯坦福中学荣誉的纸片。这是一个小的善举，但正是我沮丧时所需要的。我也要这样做，去帮助别人。

词汇学习

● drive through for lunch 开车排队买午餐。餐馆外开一个窗口，顾客可以不下车在窗口买饭。这种经营窗口就叫 drive-through，或 drive-thru，复数是 drive-throughs 或 drive-thrus。也可叫 drive-through window。银行也有这种窗口。

● pay it forward 是词组，意思是别人帮我，我帮别人。例句：
Rather than accepting her money, he told her to pay it forward to somebody else. 他没有接她的钱，而是对她说，也去这样帮别人吧。

照片 B 中的三个大字是 HATE FREE ZONE（这里禁止仇恨）。意思是，学校是爱的乐园，而不是仇恨的滋生地。要爱，不要恨；要宽容，不要报复。照片底部的一行字是：

You have the right to be protected from discrimination, harassment, and violence. For safe and confidential help call the Foster Care Ombudsperson at 1-877-846-1602.

汉语译文：受到歧视、骚扰、暴力侵害时，你有权受到保护。如果需要安全、保密方面的帮助，请给 Foster Care Ombudsperson 打电话。号码：1–877–846–1602。

第一部分　学　校

　　　　　　　　A　　　　　　　　　　　　　　　　B

　　照片 A 中的文字是：Justice　Leadership　Standing up to hate and name calling（要有正义感，要率先挺身而出，去制止仇恨、辱骂。）这是字面上的意思。而前 3 个单词的首字母缩写是 J. L. S.（Jane Lathrop Stanford Middle School），正是斯坦福中学的名字。因此，另一层意思是：斯坦福中学拒绝仇恨、辱骂。

　　照片 B 是照片 A 右上方放大的图画，文字是：I hate name calling!（我讨厌辱骂别人！）

2.4　Activities 活动

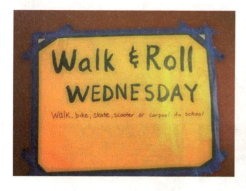 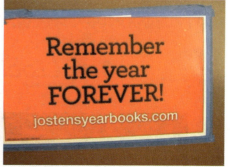

　　　　　　　　A　　　　　　　　　　　　　　　　B

　　照片 A 中的文字是：Walk & Roll Wednesday　walk, bike, skate, scooter or carpool to school（步行和滑旱冰。周三，步行、骑自行车、踩滑版、蹬滑板车或拼车来上学。）中小学通常每周有一天不让家长开车接送孩子，而是要求学生步行、骑自行车等去上学。这项活动叫 Walk to School Day（步行上学日），不仅环保，还培养孩子们自己做事的意识。此处的 roll 是指 rollerblading（滑旱冰）。skate 是指

61

skateboarding（踩滑版）。scooter 是指 scooter riding（蹬滑板车）。

照片 B：永远记住这一年！（网址略）中学里，尤其是每年的毕业班，常印纪念册。学生们可以把自己值得纪念的照片、资料刊登在上面；老师、家长也可以写文章刊登在纪念册里。甚至有的学生家长是商人，还可在纪念册里打广告或赞助出版费用等。这项活动很普遍，中学较多，大学、小学相对较少。

2.5　Summer Camp 夏令营

照片是招收暑期排球学习班的告示，上面文字的汉语译文是：美国 7—15 岁男女青少年排球协会。现在快来报名吧！电话:(888) 988－7985（网址略）。假期里有很多这种学习班告示，其中大多数是健身的，当然也有数学、音乐、美术类等。

2.6　Lockers 衣物柜

A　　　　　　　　　　B

照片 A 是一排学生衣物柜，每人一个，里面上下两层，放些衣物、文具、食品等物品。斯坦福中学有 1,000 多名学生，在走廊里的这种衣物柜就有 1,000 多个。

从照片 B 中可以看到，每个衣物柜上一把号码锁。如果哪个同学过生日，他或她的衣物柜上会贴满祝贺生日的贺语，如 HAPPY b-day（生日快乐）。b-day = birthday。

2.7　Student Store 学生商店

学生商店里主要是销售 school supplies（学生用品）。

A　　　　　　　　　　B

照片 A 是学生商店门口上方的文字：student activities / student store（学生活动室/学生商店）。照片 B 是商店卖的物品之一，一支钢笔，上面有 JLS（斯坦福中学）字样。钢笔下面的文字是 JLS Branded Pen ＄0.75（斯坦福中学标记钢笔，0.75 美元）。

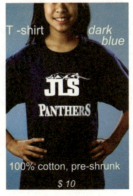

A　　　　　　　　　　B

想去美国？先看懂这些照片

照片 A 中的文字是：Hoodie-Grey $15 JLS 100% cotton, pre-shrunk（连帽衫，灰色，15 美元 斯坦福中学 100% 纯棉，已预缩水）。照片 B 中的文字是：T-shirt dark blue JLS PANTHERS 100% cotton, pre-shrunk $10（T 恤衫，深蓝色 斯坦福中学 美洲豹 100% 纯棉，已预缩水 10 美元）。

纯棉不会是假，衣服真不贵，卖给学生的物品会更便宜些。这些衣服都有 6 个号码：Adult Small（成年小号），Adult Medium（成年中号），Adult Large（成年大号），Youth Small（青年小号），Youth Medium（青年中号），Youth Large（青年大号）。

2.8 Swimming Pool 游泳池

A   B

从照片 A 中可以看到站在游泳池上的十来个高中生。他们后面的围墙上部有个牌子，上面写着 POOL CAPACITY 228（游泳池最大容量 228 人）。照片 B 是这个游泳池高高的侧面围墙，上面有个警示牌，牌子上的文字的汉语译文是：危险，禁止擅入。池上装有遮盖设备。帕洛阿尔托市联合校区。有的露天泳池有遮盖设备，通常为一大卷的帆布、尼龙布或塑料布等。

2.9　Spike Ball 迷你排球

　　　　　　A　　　　　　　　　　　　　B

照片 A、B 是 4 个学生在玩迷你排球。地面黑色圆圈里是一张网。黄色的是支撑网的 5 个支柱。支柱 2 上有 SPIKE BALL 字样。

2.10　Athletic Fields 运动场

　　　　　　A　　　　　　　　　　　　　B

照片 A 是斯坦福中学的一个很大的运动场的一部分。照片中有两个告示牌，较大的一个告示牌见照片 B，上面的文字的汉语译文是：欢迎来斯坦福中学体育场。上午 7：30 至下午 3：30 是本校上课专用时间，此间所有来访者必须到校办登记。任何人违反这些规定会被起诉，依据是加州刑法法典第 626.8 条款。C. P. C. = California Penal Code 加州刑法法典。

University 大学

Stanford University（斯坦福大学）是美国乃至世界名校。其全称是 Leland Stanford Junior University（小利兰·斯坦福大学）。

3.1　Campus: Inside and Outside 校园内外

　　　　　A　　　　　　　　　　　　　B

照片 A 中的 Hoover Tower（胡佛塔）是斯坦福大学的标志性建筑，是以美国第 31 任总统（任期 1929—1933 年）Herbert Hoover 命名的。Herbert Hoover 是斯坦福大学第一届学生，1895 年获地质学学士学位。照片中有两位白色雕像的建筑物叫 Jordan Hall。Jordan 是斯坦福大学的第一任校长。白色雕像不是 Jordan，而是 Johann Gutenberg（约翰·古登堡，活字印刷发明者）和 Benjamin Franklin（本杰明·富兰克林，避雷针等发明者、《独立宣言》起草者之一、政治家）。

照片 B 是斯坦福全家合照。左边是 Leland Stanford Sr.（老斯坦福，1824—1893），中间是老斯坦福的夫人 Jane Lathrop Stanford（1828—1905），右边是独生子 Leland Stanford Jr.（小斯坦福，1868—1884）。1850 年，老斯坦福 26 岁时和 22 岁的 Jane 结婚，但是，婚后这对结发夫妻一直没有孩子，直到老斯坦福 44 岁时才老来得子。可惜宝贝儿子只活了 16 岁就离世了，小斯坦福去欧洲旅行时在意大利的 Florence（佛罗伦萨）去世，死于 typhoid fever（伤寒）。老斯坦福伤心至极，决定建一所大学纪念儿子，于是捐资 4,000 万美元（约等于现在的 10 多亿美元）建校，才有了今天的斯坦福大学。老斯坦福是当时的加州州长、铁路大亨。

A　　　　　　　　　　　　　B

照片 A 是椭圆形绿茵场南部和主校区正面的画面。绿茵场上的红色 S 表示斯坦福大学。再往南，正对着 S 的是 Memorial Court（纪念庭院）和 Memorial Church（纪念教堂）。左右两边是主校区正面的两个角：历史角、数学角。

照片 B 是斯坦福大学的校玺、校徽。上面外圈的文字是：LELAND STANFORD JUNIOR UNIVERSITY　1891（小利兰·斯坦福大学　1891）。1891 是建校时间。内圈的文字是德语 DIE LUFT DER FREIHEIT WEHT（让自由之风劲吹），是斯坦福大学的校训，源自德国诗人 Ulrich von Hutten。校训是第一任校长 Jordan 所定。

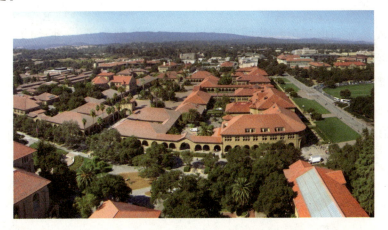

想去美国？先看懂这些照片

　　这是斯坦福大学的主校区和椭圆绿茵地的南端，从胡佛塔向东俯视拍摄，可见红瓦金墙四合院，一副老北京城的样子。

　　　　　　A　　　　　　　　　　　　　　B

　　照片 A 是一个路标，告诉你去法学院的方向。Law School 法学院。照片 B 是黄昏后在绿地上支起的一个吊床，估计不一会儿就有人来享用了。

　　　　　　A　　　　　　　　　　　　　　B

　　照片 A 是椭圆形绿茵场北面的 Palm Drive（棕榈大道），长约 1 英里，大道两旁是棕榈树。大道的北端就是校门口，但校门口没有门，更没有门卫。过了校门口，穿过一个铁路的地下通道就是马路。也就是说，任何车辆可以长驱直入，自由地进入斯坦福大学，无需停车登记。

　　照片 B 是棕榈大道旁的水泥墩子上蹲坐着的一只小松鼠，很可爱的一道风景。

第一部分　学　校

　　　　　　A　　　　　　　　　　　　　B

　　照片 A、B 要连在一起看。照片 A 中有一个路牌，上面的文字是：NO PARKING FOR DISHWALKERS FROM 7∶00 AM TO 3∶30 PM　PARKING IS FOR STAFF AND PARENTS ONLY（去大盘子散步者禁止在此停车　早 7 点至下午 3∶30 只许员工和家长停车。）这是斯坦福大学附近一所小学路边的告示牌。什么是 DISHWALKERS（大盘子散步者）？初来乍到者会一头雾水。原来是：DISH = Stanford Dish（斯坦福大盘子风景区）。Stanford Dish 是斯坦福大学西南方向的一个风景区，简称 Dish（大盘子）。这个风景区内只许步行，不准汽车、自行车、宠物狗进入。到这个 Dish 来散步的人，就叫作 Dish Walker。很多人开车到这个风景区来散步、跑步，停车成了一大难题，因为 Dish 风景区周边有学校、公司等单位不许或限制外来车辆。于是就有了这个告示牌：NO PARKING FOR DISHWALKERS…

　　这个风景区的名字为什么和 Dish 连在一起？是因为这里有一个巨大的"盘子"——直径 46 米的射电望远镜（radio telescope）。这个"大盘子"是 1966 年美国空军出资 450 万美元，由斯坦福大学研究院建立，最初的目的是检测研究大气中的化学成分。但是，后来这个 Dish 的用途扩展，用于卫星和其他航天器的监测，成了 NASA（美国航空航天局）的一部分。

3.2　Main Quad 主校区：四合院

　　斯坦福大学的主校区就是一个硕大的四合院结构，大四合院里又套着多个小四合院。

69

3.2.1　Bird's Eye 鸟瞰

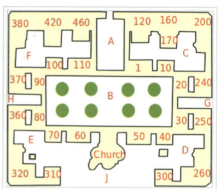

A　　　　　　　　　　　　　　B

照片 A 是四合院主校区和它北面椭圆绿茵场的画面。照片 B 是照片 A 的平面示意图，对比看一目了然。C、D、E、F 四个角是 4 个较小的四合院，构成了大四合院的轮廓。其中，C 是历史角，D 是工程角，E 是地质角，F 是数学角。数字是建筑物的编号。斯坦福大学的每个建筑物都有编号。

Layout of the Main Quad 主校区布局图	
A: Memorial Court	A：纪念庭院
B: Inner Quad Courtyard	B：内校区庭院
C: History Corner Courtyard	C：历史角庭院
D: Engineering Courtyard	D：工程角庭院
E: Geology Corner Courtyard	E：地质角庭院
F: Math Corner Courtyard	F：数学角庭院
G: East Gateway	G：东大门
H: West Gateway	H：西大门
J: Keith Memorial Terrace	J：Keith 纪念门廊

3.2.2　From the Oval 从椭圆绿地看去

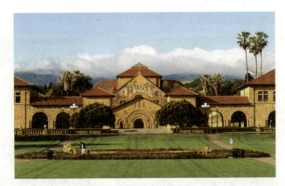

从椭圆绿地看主校区，正面是纪念庭院，纪念庭院后面是教堂。纪念庭院的两侧分别是历史角、数学角。

A　　　　　　　　　　　　　　B

照片 A 是历史角。照片 B 是数学角。

3.2.3　History Corner 历史角

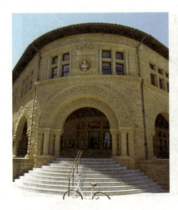

A　　　　　　　　　　　　　　B

照片 A 是历史角的把角，拱门上方刻有 HISTORY 刻字。照片 B 中，门上的文字是：LANE HALL　Building 200　Department of History　Science, Technology and Society（莱恩堂第 200 号建筑物　历史系、科技系。）

A　　　　　　　　　　　　　　B

照片 A 中，门框上面的文字是 LANE HALL。照片 B 是墙上的一块石板，上面的文字告诉你 Lane Hall 的由来：LANE HALL　NAMED IN HONOR OF THE BILL LANE FAMILY IN RECOGNITION OF THEIR GENEROSITY IN SUPPORTING THE RECONSTRUCTION OF THE QUAD FOLLOWING THE 1989 EARTHQUAKE. ORIGINAL CONSTRUCTION COMPLETED 1903　RECONSTRUCTION COMPLETED 1980（莱恩堂　此命名是为答谢比尔·莱恩家族在 1989 年大地震后给予校区重建的慷慨支持。原建于 1903 年，重建于 1980 年。）

Bill Lane（比尔·莱恩，1919—2010）是出版商、外交官、慈善家。1942 年，他毕业于斯坦福大学，曾出任美国驻澳大利亚大使。1989 年加州大地震后，他捐资 800 万美元帮助母校重建。

A　　　　　　　　　　　　　　B

照片 A 中，门上的文字是"历史系办公室"。照片 B 中的文字是：厕所在地下一楼——下楼，或 2 楼——上楼。从这里可以形象地看出，美国英语和英国英语表达楼层的不同。英国人把 ground floor 叫作 1 楼，而美国人把 ground floor 叫作地下一楼。这个标识牌所在的才是 1 楼，然后从此上楼是 2 楼。

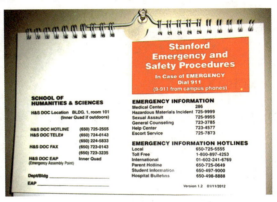

A　　　　　　　　　　　　　　　　B

照片 A 中的文字是：万一发生火灾，要走楼梯，不要使用电梯。

照片 B 是挂在楼道里的一个小册子。红色方框中的文字是：Stanford Emergency and Safety Procedures　In Case of Emergency　Dial 911 (9 - 911 From Campus Phones)（斯坦福大学紧急安全程序。出现紧急状况，拨打 911——用校内电话拨 9 - 911。）

红色方框下的文字从左至右、从上至下是（英汉对照）：

英语		汉语（电话略）
SCHOOL OF HUMANITIES & SCIENCES		人文和科学学院
H&S DOC LOCATION BLDG. 1, ROOM 101 (INNER QUAD IF OUTDOORS)		人科院调度中心地点 1 号楼 101 室（内院如果室外）
H&S DOC HOTLINE	(650) 725 - 2555	人科院调度中心热线
H&S DOC TELE#	(650) 724 - 0143 (650) 224 - 5833	人科院调度中心电话

英语		汉语（电话略）
人科院调度中心传真		(650) 723-0143 (650) 723-3235
H&S DOC EAP (Emergency Assembly Point)	INNER QUARD	人科院调度中心紧急集合点：内院
DEPT/BLDG _____		系大楼
EAP _____		紧急集合点
EMERGENCY INFORMATION		紧急呼救资讯
Medical Center	286	医护中心
Hazardous Materials Incident	725-9999	危险物品事故
Sexual Assault	725-9995	性侵犯
General Counseling	723-3785	普通咨询
Help Center	723-4577	救助中心
Escort Service	725-7873	护送服务
EMERGENCY INFORMATION HOTLINES		紧急资讯热线
Local	650-725-5555	本地
Toll Free	1-800-897-4253	免费电话
International	01-602-241-6769	国际
Parent Hotline	650-725-0649	家长热线
Student Information	650-497-9000	学生热线
Hospital Bulletins	650-498-8888	医院公告

DOC = Division Operations Center 部门调度中心

3.2.4　Math Corner 数学角

Math Corner（数学角）就是主校区的西北角。

　　　　　A　　　　　　　　　　　　　　　B

照片 A 是数学角的 Jordan Hall 正面。照片 B 是 Jordan Hall 拱门上方的两个雕像。两个雕像之间的 Jordan Hall 字样被铲去了，是重雕还是更新，不得而知。

　　　　　A　　　　　　　　　　　　　　　B

照片 A 是 Jordan Hall 的老照片，可以看到两个雕像之间的 Jordan Hall 字样，两个雕像也不是现在的 Johann Gutenberg 和 Benjamin Franklin，而是 Louis Agassiz（瑞士动物学家，1807—1873）和 Alexander von Humboldt（普鲁士生物地理学家，1769—1859）。

照片 B 是历史老照片，是 1906 年加州大地震时，动物学家 Louis Agassiz 的雕像头朝下掉了下来，插到了地里。从照片上可以看到，那时的这座建筑物不叫 Jordan Hall，而是 ZOOLOGY（动物学）。

3.3　Church 教堂

斯坦福大学的教堂是老斯坦福的夫人为了表达对已故丈夫的爱，于1903年修建的，是主校区的核心，也是斯坦福大学的核心。

3.3.1　Exterior 教堂外

教堂坐南朝北。十字架下面那幅恢宏的画面是耶稣召唤好人跟他去天堂，但是也有学者认为那是耶稣受洗后在 Galilee（加利利）布道。

　　　　A　　　　　　　　　B

教堂正面 3 个拱门上方有 4 幅画，是长着羽翼的 4 个天使。照片 A 是最左边的一幅，上面的文字是 LOVE（爱）。

照片 B 是 4 幅画从左边数的第二幅，上面的文字是 FAITH（忠信）。

C　　　　　　　　　　D

照片 C 是从左边起的第三幅，上面的文字是 HOPE（希望）。照片 D 是从左边起的第四幅，上面的文字是 CHARITY（慈善）。

这是镶嵌在教堂正面墙上的一个牌匾，上面的文字是：MEMORIAL CHURCH ERECTED BY JANE LATHROP STANFORD TO THE GLORY OF GOD AND IN LOVING MEMORY OF HER HUSBAND LELAND STANFORD（纪念教堂 由 JANE LATHROP STANFORD 建立，颂扬上帝和对丈夫利兰·斯坦福的爱的纪念。）

3.3.2 Interior 教堂内

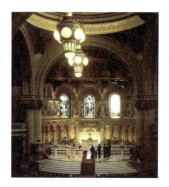

A   B

照片 A 是教堂内的大厅，这是婚礼的场面。照片 B 是 baptismal font（受洗盆）。

A   B

照片 A 中的文字是：参观教堂时，请保持安静。照片 B 中，告示牌上是多种文字表达同一个意思。繁体汉语是：教堂礼拜进行中，来宾止步。

3.3.3 Wedding 婚礼

A   B

照片 A 中，牧师在为新郎新娘举行婚礼。照片 B 是参加婚礼的一方签署文件。

A　　　　　　　　　　　　　　B

照片 A 是教堂牧师签署教堂婚礼文件。照片 B 是牧师签署的文件，上面的文字是：

NEWMAN

THE CATHOLIC COMMUNITY AT STANFORD

_____ and _____

have declared their love and fidelity in the rite of marriage

of the Roman Catholic Church

on _____ May 17, 2014 _____

AT THEMEMORIAL CHURCH, STANFORD UNIVERSITY

May they pray to you in the community of the church,

and be your witnesses in the world. May they reach old

age in the company of their friends, and come at last to

the kingdom of heaven.

Officiant: Rev. Nathan G. castle o. p.　Witnesses _____

想去美国？先看懂这些照片

汉语译文：

NEWMAN

斯坦福天主教区

_____（新娘）   和   _____（新郎）

已经声明

他们将于2014年5月17日

在斯坦福大学的天主教堂的结婚仪式上

表达他们相互的爱情和忠诚

本教区的教友们向新郎新娘祝福，

并成为这个世界上你们婚姻的见证人。

祝愿新郎新娘在朋友的陪伴下白头到老，

最终走进天堂。

证婚人：Rev. Nathan G. castle o. p.   见证人：_____

注 释

- NEWMAN 即 John Henry Newman (1801—1890)，是19世纪宗教史上的重要人物。世界上有很多地方的教区、教堂都以 NEWMAN 命名。
- Officiant 证婚人。Rev. = Reverend 牧师。o. p. = ordained priest 授权牧师。

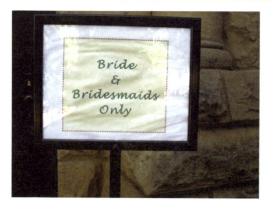

A　　　　　　　　　　　　B

照片 A 是教堂后面的一个门，门前有个牌子，上面的文字是：Bride &

Bridesmaids Only（新娘和伴娘入口。）照片 B 中，告示牌上有个残疾人标志，下面的文字是：PUSH TO OPEN（推门进）。黄色告示上的文字是：CAUTION DELAYED DOOR OPENING（注意 慢慢推开门）。

3.4　Statures 雕塑

斯坦福大学的主校区里有一个雕塑群，很吸引人。从椭圆形绿地的南端大道上，迈上五步台阶，走不远就进入 Memorial Court（纪念庭院）。这个雕塑群就在这个庭院里。到过斯坦福的很多人都见过或触摸过这些雕像，甚至与之合影。但是，这些雕像都是些什么人、都有什么故事，并非尽人皆知。这个雕塑群名叫 The Burghers of Calais（《加莱义民》）。

A　　　　　　　　　　　　B

在照片 A 的左下方，可以看到一组人体雕塑群，讲的是法国的故事"无奈投降亦英雄"。照片 B 是一位老人带着孩子来参观雕塑群。小朋友用好奇、尊敬的目光看着雕像。

A　　　　　　　　　　　　B

想去美国？先看懂这些照片

从照片 A 中可以看到，这组雕塑共有 6 人，形态各异。照片 B 是镶嵌在地面上的一块石板，上面的文字如下：

The Burghers of Calais

In 1884 the French city of Calais commissioned Auguste Rodin to create a memorial honoring heroes of the Hundred Years' War. He depicted the six burghers, or citizens, who in 1347 volunteered to leave the defeated city barefoot, tied by rope at the neck, and offer their own lives and the keys to Calais to King Edward Ⅲ of England. The burghers' fortitude, determination, and devotion to their community preserved Calais from being pillaged at the end of a devastating siege. The burghers are shown at the moment of departure from the city.

For Rodin this episode was an opportunity to celebrate the idea that heroic deeds may be performed by ordinary people. He did not follow tradition by idealizing the figures, rather he was uncompromising in his depiction of the emaciated hostages and represented them as distinct individuals. Their faltering steps, despairing gestures, and anguished expressions eloquently express the inner turmoil of each man struggling in his conscience between fear of dying and devotion to their cause.

This installation of independent casts was suggested by the sculptor's wish to have the figures set amidst the paving stones of Calais' town square so that the citizens of today might learn from the example of their heroic ancestors.

汉语译文：

加莱义民

1884 年，法国城市加莱委托奥伽斯特·罗丹创作一组英法百年战争中尊敬的英雄雕像。罗丹雕塑了 6 位义民，即市民，他们在 1347 年甘愿离开战败的城市，光着脚，脖子上缠着绳索，把自己的生命和加莱的城市钥匙奉献给英王爱德华三世。6 位义民的坚毅、坚定和对自己群体的执着，保护了加莱避免在被围困的绝望中遭受杀戮。

对于罗丹来说，这样一个故事是展示平民可以做出英雄行为的素材。他没有按照传统把英雄人物理想化，而是独到地把憔悴的人质雕塑成一个个具有鲜明个性的人物。踌躇的脚步、绝望的姿态、痛苦的表情，逼真地表现出了他们心如刀绞的悲情、惧怕死亡和献身事业的纠结。

把这组独特的雕塑矗立在加莱市广场的路面中间，是雕塑家的愿望，以便让今天的市民学习英勇祖先的榜样。

注释

● Hundred Years' War 百年战争，是指英法 1337—1453 年长达 116 年的战争。百年战争期间，双方各有多次胜负。1347 年，英国围困法国的加莱。加莱弹尽粮绝，束手待擒。英军一旦攻入加莱，那将是一场屠戮和掠夺。加莱市长向英军示降。英国提出条件：6 位贵人市民赤手光脚，脖系铁链，带着加莱的城市钥匙去见英王爱德华三世。加莱市长召集市民，满脸泪水问谁愿为这座城市的平安赴难。一位最富的市民站了出来，接着陆续又有 5 位贵人市民站了出来。市长和市民含泪把这 6 位义民送出加莱。英王见到这 6 位义民，下令推出斩首。众臣恳求赦免，但英王不为所动，执意斩首。最后，王后下跪求情，英王才将他们交给王后处理，6 位义民才免于一死。

● 这组雕像表达的是"无奈投降亦英雄"。这是法国人的价值观。这和日本武士道精神——剖腹自杀不降，截然相反。这组雕像能在美国站稳脚跟，和美国的价值观分不开——无奈投降亦英雄。美国兵投降回国后，不但不受歧视，而且受到夹道欢迎，享受英雄凯旋般的待遇。

A　　　　　　　　　　B

从照片 A 中可以看到，这位义民手里拿着城市钥匙，脖子上缠着绳索。他叫 Jean d'Aire，脚下有块牌子，见照片 B。照片 B 上文字的汉语译文是：奥古斯特·罗丹（1840—1917）的 Jean d'Aire（1885—1886）铜雕于 1987 年铸成。斯坦福大学艺术博物馆，Cantor 收藏品礼物。1992 年，编号 164。

Jean d'Aire 雕像是 1885—1886 年首铸。斯坦福大学的这个雕塑群铸造于 1987 年，是复制品，是收藏家 Gerald Cantor 于 1992 年捐献给斯坦福大学的。

《加莱义民》的群雕像除了在法国外，世界多处有其复制品，如美国的纽约、华盛顿，英国伦敦，澳大利亚，以色列，等等。

3.5　Hoover Tower 胡佛塔

Hoover Tower（胡佛塔）建于 1941 年，是斯坦福大学 50 周年校庆的纪念建筑物。塔高 87 米。1—9 层存放的是图书、资料，10—12 层是办公室。观景台在塔高的 76 米处，在此不仅可以鸟瞰斯坦福大学全景，天气晴朗时还可以看到旧金山。

胡佛塔是以美国第 31 任总统（任期 1929—1933）Herbert Hoover 命名的。Herbert Hoover 是斯坦福大学第一届学生，1895 年获地质学学士学位。胡佛在当总统前收集了很多资料，他捐赠给了母校（alma mater）。

1976 年，流亡国外的苏联作家索尔仁尼琴（Solzhenitsyn）曾受斯坦福大学邀请，在胡佛塔的第 11 层居住过一段时间。索尔仁尼琴，1970 年获诺贝尔文学奖，1973 年出版《古拉格群岛》（*The Gulag Archipelago*。古拉格是俄语"劳动集中营"首字母缩写的读音）。

蒋介石的 76 箱日记就存放在胡佛塔里。日记跨度是 1917—1972 年。这些日记可供查阅，但要办理严格的手续。首先提出申请，胡佛研究所将申请书转交蒋的亲属审阅，同意后方可查阅。查阅时，不许摄像、拍照、复印，可以手抄，但不许公开发表。

申请查阅蒋介石日记的华人要注意，蒋介石的英文名字是 Chiang Kai-shek，不是汉语拼音 Jiang Jie-shi。如果你用汉语拼音，人家会说我们这里没这个人。Chiang Kai-shek 是 Wade-Giles 拼音法，国外仍在使用。于是就有了笑话：有人英译汉时，把 Chiang Kai-shek 译成了"常凯申"，不知所云。

第一部分　学　校

　　　　　　　　　　A　　　　　　　　　　　　　　B

　　照片 A 是朝阳下的胡佛塔，近景建筑物是 Jordan Hall。照片 B 是胡佛在写总统候选人提名演说辞。照片下方的文字是：Herbert Hoover at his house on the Stanford University campus, composing his presidential nomination speech, 1928. （赫伯特·胡佛在他斯坦福大学的宅邸起草他的总统候选人提名演说辞，1928 年。）

　　　　　　　　　　A　　　　　　　　　　　　　　B

　　照片 A 是观景台上的排钟，大小共 48 个，最重的是 2.5 吨。排钟在比利时和荷兰制造。照片 B 是演奏排钟的控制台。

　　　　　　　　　　A　　　　　　　　　　　　　　B

85

照片 A 是从胡佛塔的观景台向北俯视拍摄的校景，可以看到喷水池、纪念礼堂等建筑物。马丁·路德·金、戈尔巴乔夫等名人曾在此纪念礼堂演讲。

照片 B 告示牌上的文字是：

英语	汉语
Hoover Institution	胡佛研究所
Observation Platform	观光平台
Admission Fees:	门票：
General: $ 2.00	普通：2 美元
Children (0 - 12 Yrs): $ 1.00	儿童（0—12 岁）：1 美元
Senior Citizens (65 +): $ 1.00	老年人（65 岁以上）：1 美元
Stanford Affiliates: Free	本校人员：免费
Ticket Sales end at 3：50 p.m. daily	每日售票截止时间为下午 3：50
Hours:	开放时间：
Monday - Sunday	周一至周五
10：00 a.m. - 4：00 p.m.	上午 10 点至下午 4：30

从门票收费可以看出，65 岁以上老人、12 岁以下儿童半票。售票员不要求参观者出示任何证件证明年龄，完全相信其自述。这种规定在很多场合经常见到，如公交车买票、游泳池买票、旅游景点买门票、餐馆就餐等。诚信是美国人的价值观之一。

3.6　Classroom 教室

A

B

照片 A 是钉在教室外楼道墙壁上的一张全体教师照片。左上角的英语是 Faculty（全体教师）。照片 B 是来访教师和讲师的照片。左上角的英语是 Visiting Faculty & Lecturers（来访教师和讲师）。

A　　　　　　　　　　　　　　　　　　B

照片 A 是行政管理人员照片，左上角的文字是 Staff（管理人员）。照片 B 是一个普通的教室。看上去，教室里的硬件设备并不豪华，中国许多三本学校的硬件并不比这里差；但对比软件，大概天壤之别了。

A　　　　　　　　　　　　　　　　　　B

照片 A、B 都是教师讲台旁边墙上的告示。照片 A 的译文是：需要帮助吗？维修，请打电话 3－2281；技术指导，请打电话 3－7280。谢谢！

照片 B 中的文字是：Note to Smart Panel users: Cables/adapters are not provided; the user is responsible to supply all cables/adapters.（智能讲台使用者注意：不提供接线和电源适配器；使用者自行携带。）

3.7 PE 体育

A   B

照片 A 是一个运动场。照片 B 是围栏上的告示，它的汉语译文是：开放时间　斯坦福大学　每日早 8 点至日落　根据运动队、赛事要求可临时变更。跑道在下午 1∶30－6∶00 期间关闭，供田径赛训练。

围栏上的告示如上。

汉语译文：

欢迎来到 COBB 天使田径场

请爱护设施、礼貌待人。进出设施要走规定的门挡。横穿跑道时，要小心。

通则：

禁止喝酒、烟草、吸烟、口香糖。

禁止车辆、宠物、自行车、滑旱冰、滑板、散步者入内。

禁止在草地上投掷、跳跃。

禁止钉鞋。

未经许可，禁止校外人员使用场地。

未经许可，禁止在场地组织任何活动。依据602j pc 相关法规。

3.8　Music Center 音乐中心

　　　　　　　A　　　　　　　　　　　　B

照片 A 是 BRAUN MUSIC CENTER（Braun 音乐中心）的侧面照，照片 B 是正面照。

　　　　　　　A　　　　　　　　　　　　B

照片 A 是在音乐中心举办音乐会的海报，从上至下的文字是：MUSIC AT STANFORD　SENIOR RECITAL　Nathan Cheung　PIANO　CAMPBELL RECITAL HALL FRIDAY, 6 JUNE, 2014 7∶30　STANFORD UNIVERSITY DEPARTMENT OF

MUSIC（斯坦福音乐　高级音乐会　演奏者 Nathan Cheung　钢琴　CAMPBELL 音乐厅　2014 年 6 月 6 日晚 7：30　斯坦福大学音乐系。）照片 B 是音乐中心墙上的告示。汉语译文：请把自行车存放在自行车围栏内。corral 围栏。

3.9　Academic Lecturers 学术讲座

　　　　　　　　A　　　　　　　　　　　　　　B

照片 A 是亚太研究中心举办的一个学术讲座海报，文字是（英汉对照）：

The Asia Health Policy Program Presents	亚洲健康对策项目举行
"Air Pollution and Short-Term Mortality in Beijing"	"北京的空气污染和近期死亡率"
Shuang Zhang	张爽
Associate Professor in the Department of Economics, University of Colorado Boulder	科罗拉多 Boulder 大学经济系副教授
12：00 PM - 1：30 PM	中午 12 点至 1 点半
Philippines Conference Room Encina Hall 3rd Floor Central	Philippines 会议室 Encina 堂 3 楼中间
LUNCH WILL BE PROVIDED TO THOSE WITH A RESERVATION ONLY	为预约者提供午餐

演讲人是斯坦福大学请来的外校学者，这在斯坦福大学很常见。演讲人引用的北京空气质量 PM 2.5 数据来源于美国驻华大使馆的官方网站。照片 B 就是这次讲座的大楼，当中拱门上方有 ENCINA HALL 字样。

3.10　Bookstore 书店

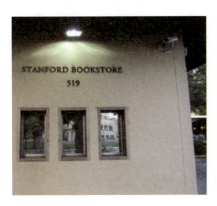

　　　　　　A　　　　　　　　　　　　　　　　B

照片 A 墙上的文字是 STANFORD BOOKSTORE 519（斯坦福大学书店 519）。数字 519 是建筑物编号。照片 B 是书店内景。

3.11　Post Office 邮局

　　　　　　A　　　　　　　　　　　　　　　　B

想去美国？先看懂这些照片

照片 A 是邮局的门口。最上面的蓝色文字是 United States Post Office（美国邮局）。照片 B 上是左边门上的文字，上部白色文字是营业时间，英汉对照如下：

Full Service	综合服务
MON – FRI　9:00 am – 5:00 pm	周一至周五　上午 9:00 至下午 5:00
Passport Hrs　9:00 am – 3:00 pm	护照办理　上午 9:00 至下午 3:00
SAT – SUN – HOL CLOSED	周六、星期天、节假日 关门
Self Service/Box Lobby Daily – 24 Hours 365 Days A Year	自助服务/大厅的邮箱 每日 24 小时开放 每年 365 天

美国的邮局可以代表美国国务院为美国公民办理护照，因此邮局有一项服务是 Passport Hrs（护照办理营业时间）。

美国的第一任邮政局长是 1775 年的 Benjamin Franklin（本杰明·富兰克林，《独立宣言》的起草人之一、避雷针的发明者），但是他只在任 15 个月。从 1829—1971 年，邮政局长一直是总统的内阁成员，工资也仅次于总统。现任邮政局长 Megan Brennan 的年薪是 $276,840。

3.12　Shops 商店

　　　　A　　　　　　　　　　　B

照片 A 是主校区东南不远处的一个商店。照片 B 上的文字是：Attention GRADUATES　IT'S YOUR LAST CHANCE to take advantage of special student pricing on software and Apple computers　Authorized Campus Store　Don't miss out!（注意，毕业班同学们，这是你们最后一次享受学生优惠价格购买软件和苹果电脑了。校园授权商店，机不可失！）

3.13　Dining Place 餐厅

　　　　　A　　　　　　　　　　　　B

照片 A 中可以看到高高悬挂的熊猫招牌，上面图文的汉语意思是：熊猫快餐，中国美食。gourmet 美食家。这是 White Plaza（白广场）西边的一个餐厅。外面是大排档。照片 B 是餐厅的内部环境。就餐者中有很多中国学生。2014 年，在美国就读的外国学生共 97 万，中国学生就有 30 多万，高居榜首。每 3 个外国学生里就有 1 个中国学生。97 万外国学生为美国经济贡献了约 300 亿美元（美国国务院教育文化局资料 Bureau of Educational and Cultural Affairs）。

3.14　Students Houses 学生住宿

学生宿舍有多处，以下只是其中的几个。

Adams House 是大一、大二宿舍楼。照片中可见白色碑牌 Adams House。

A

B

照片 A 是 Florence Moore Hall，有 7 个单元，原来只住女生，但是现在男女生都有了。照片 B 是 Toyon Hall，大二宿舍楼（all-sophomore dorm），建于 1923 年，可容纳 150 人。原本是男生宿舍楼，但 20 世纪 70 年代后男女生都有了。

3.15　Campus Traffic 校园交通

A

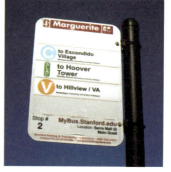

B

照片 A 是校园班车。绿色文字是 HYBRID POWERED（混动车，即油电混合动力车）。黑色文字是 STANFORD'S FREE SHUTTLE（斯坦福大学免费班车）。照片 B 是班车站的牌子，上面有本站地名和其他站的地名。

3.16　White Plaza 白广场

　　White Plaza（白广场）是斯坦福大学师生集会、演讲、示威、游行、表达自己观点的一块地方。这块地方在主校区的南面不远处，音乐中心和 The Old Union（老联谊会）之间。面积并不大，但是它的实际使用范围，向北可以到 Clock Tower（钟塔），向南可至音乐中心。White Plaza 有点像北京大学的三角地。

A　　　　　　　　　　　　　　　　B

　　照片 A 就是 White Plaza。照片中，向左就是音乐中心，向右就是 The Old Union；它的西面是一个小饭厅，饭厅旁边就是学校领导的办公室。

　　照片 B 是 White Plaza 实际范围的北端。照片中可以看到一个红色的圆柱体，上面有一个个大写字母 S 和 S 中的绿树，表示的是斯坦福大学。平日里，这个圆柱体就是这个样子，很干净、整洁。但是可能霎时就会被贴满五花八门的招贴、通知、布告等。从这个圆柱体向北望去，可以看到近处的 Clock Tower（钟塔）和远处的 Hoover Tower（胡佛塔）。

3.17　Rally Parade 集会、游行

学生们在校园里集会、游行是常见的事。2014 年 6 月 5 日中午，在 White Plaza 发生了一场学生集会、游行运动。起因是一个叫 Leah 的大二女生被一男生强奸，但学校处理不力，引发大批学生集会，表达愤怒，抗议学校当局。

A　　　　　　　　　　　　　　B

照片 A 中的文字是：Stanford: It's not just about time—it's too late for too many. And there shouldn't be one more.（斯坦福：不是现在才警惕——早就该警惕，太多人受害了。今后不应再发生了。）照片 B 中的文字是：HELP SURVIVORS　NOT RAPISTS（帮助受害者，而不是强奸者。）

A　　　　　　　　　　　　　　B

照片 A 中的文字是：STAND FOR SURVIVORS（支持受害者。）照片 B 中的文字是：NO ONE SHOULD HAVE TO LIVE IN FEAR（人不能生活在恐惧中。）

学生们把自己的感受写成标语，贴满了一面墙。

3.18　University of Utah 犹他大学

The University of Utah（犹他大学）在美国犹他州的盐湖城（The Salt Lake City）。盐湖城是 2002 冬奥会的举办地，也是摩门教的中心。

　　　　　A　　　　　　　　　　　　　　B

照片 A 中可以看到有个大大的 U 字母，这个字母高 30 米，由钢筋水泥筑成，在犹他大学北面的 Mount Van Cott 山坡上，是犹他大学的代表符号。犹他大学就在这个山脚下。照片 B 是犹他大学内的一个标识牌，上面红色 U 就是代表犹他大学——THE UNIVERSITY OF UTAH。

A   B

照片A是犹他大学内的一个建筑物，是工程研究生院。这个建筑物的外墙上刻有楼名，见照片B：JOHN & MARVA WARNOCK ENGINEERING BUILDING（约翰和玛娃·沃诺克工程大楼。）玛娃是约翰的妻子。这座建筑物为什么以这对夫妇命名呢？因为John Warnock在这里发明了著名的软件Adobe。今天全世界使用的PS（Photoshop）就是John Warnock发明的。之后，他成立了这个软件公司，公司的Logo（标牌）是他夫人Marva设计的。

A   B

照片A就是John Warnock。照片B是用他的名字John Warnock绘成的他的肖像。这个肖像挂在大楼内的墙壁上。肖像右下方是他的名字John Warnock；右上方的文字是：Good typography is something everyone sees but no one notices.（字画像谁都能看到，但没人注意到。）这个肖像就是用John Warnock字母画的，不注意还真是看不出来。这种用字来画像，英语叫typography（字画像）。如下面的画像：

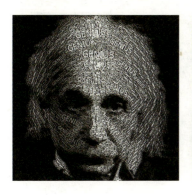  

          A   B   C

    图 A 是爱因斯坦的画像，但是画像是用 GENIUS（天才）字母画成的。图 B 是蒙娜丽莎的画像，是用 Leanardo da Vinc（莱昂纳多·达·芬奇）字母画成的。图 C 是用"美丽的姑娘"5 个汉字画成的。

                    A   B

    照片 A 中可看到，工程研究院大楼内墙上的文字：EXPLORE, DREAM, DISCOVER·—MARK TWAIN（探险、追梦、发现。——马克·吐温）照片 B 是马克·吐温的原话，汉语译文是："今后 20 年，你还按以前那样做，只会徒增失望。因此，解开船缆，从安全的港湾出发，鼓起你专业的风帆。探险、追梦、发现。——马克·吐温。" trade 专业，行业。

A   B

照片 A 中的公共汽车是校车，车身上的文字是 U Campus Shuttle（犹他大学校园班车）。照片 B 中的文字是：PUSH BUTTON FOR…CROSS WITH CAUTION（按按钮等绿灯，过马路要小心。）牌子中间的绿色图案表示绿灯，不是真的绿灯。牌子下面就是按钮。

A   B

照片 A 中牌子上的文字是：NO PARKING　LOADING / UNLOADING ONLY　ENFORCED UNTIL 10PM　VEHICLE FLASHERS REQ.　30 MINUTES MAX（禁止停车，只许上下车，执行时间到晚上 10 点。车子的转向灯要求打开，最长停车 30 钟。）照片 B 中牌子上的文字是：LOT #32　A PERMIT REQUIRED　VIOLATORS CITED / TOWED　ENFORCED UNTIL 6PM（32 号停车场，要求有 A 级停车证，违反者会被起诉或车被拖走。执行时间到下午 6 点。）

第二部分
超市 店铺

Supermarkets & Stores

第二部分 超市 店铺

1 Supermarkets 超市

商店的名称有个演变过程。从早期到现在有：grocery→department store→supermarket→hypermarket（杂货店→百货商店→超市→特大超市）。hypermarket 是比超市还大的大型超市。hypermarket 又叫 superstore 或 big-box store。

hypermarket 起源于 20 世纪 60 年代的商家 Fred Meyer。到了八九十年代，有以下 3 家 hypermarket 崛起：Walmart, Kmart, Target（沃尔玛、凯马特、塔吉特）。

1.1 Notice 告示

A　　　　　　　　　　　　B

照片 A 上的单词表示超市的出口。照片 B 是超市的入口和出口。ENTRANCE，表示入口，EXIT 表示出口。

想去美国？先看懂这些照片

      A   B

  照片 A 是超市的结账处，其中一个收银柜台的通道关闭了，放了一个牌子，上面文字的汉语译文是：对不起，此通道关闭。牌子下面的文字是：LEAVE HEAVY ITEMS ON CART（把重的东西放在购物车里）。照片 B 是征求顾客意见的台子，贴在墙上的文字是：We Value Your Opinion　TELL US WHAT YOU THINK（我们珍视您的宝贵意见，告诉我们您的想法。）

      A   B

  照片 A 中文字的汉语译文是：为了保护您的孩子，请使用安全带。警告：不要把您的孩子放在购物车里无人看管。不要让您的孩子在购物车里玩耍、站立或趴在购物车的一侧。把孩子和兜婴袋/婴儿座椅一起放进购物车是不安全的。照片 B 中的红色文字是：小心脚下。

第二部分　超市　店铺

A　　　　　　　　　　　　　　B

照片 A 中文字的汉语译文是：园林硬件供应商，禁止擅入停车。顾客停车专用，其他车辆将被拖走，拖车费车主自负。加州车辆法规第 22658 条款。山景区警察局。电话（415）903－6358。MVPD＝MOUNTAIN VIEW POLICE DEPARTMENT。

照片 B 中的文字是：Look for the tags!　　LOCAL　We proudly carry over 300 local items　All from California. Most from the Bay Area.（请看标价牌！本地生产　我们自豪地进货本地产品 300 余种，全部来自加州。大部分来自湾区。）

1.2　Target 塔吉特

Target（塔吉特）是美国第二大零售商，仅次于 Walmart（沃尔玛）。1902 年，Target 始建于明尼苏达州，不过那时不叫 Target。今天，其总部仍然在明尼苏达州。

A　　　　　　　　　　　　　　B

照片 A 是一家 Target 超市，旁边还有 PHARMACY（药房）标识，表示超市里面可以卖药。

想去美国？先看懂这些照片

照片B是超市的一角。悬挂着的标识牌上的红字是SUMMER STEALS（夏季甩卖）。标识牌右下方黄色圆形牌子上的文字是STARTING AT＄5（5美元起价）。

词汇辨异

照片B中的steal和"偷"没关系，意思是甩卖品、处理品、低价商品（something that is being sold at a low price）。如：

This car is a steal at only ＄5,000.

这汽车够便宜，才5,000美元。

A

B

照片A：LINGERIE（女内衣）。照片B：INFANTS & TODDLERS（婴幼儿衣服）。

A

B

照片A：FITTING ROOMS（试衣室）。照片B：PLUS SIZES（加号特码）。

第二部分 超市 店铺

A　　　　　　　　　　　B

照片 A：COSMETICS（化妆品）。照片 B：HEALTH & BEAUTY（健康和美容）。

A　　　　　　　　　　　B

照片 A 中文字的汉语译文：家庭花卉。照片 B 中文字的汉语译文：首饰。

A　　　　　　　　　　　B

照片 A 中文字的汉语译文：电子产品。照片 B 中文字的汉语译文：小家电。

想去美国？先看懂这些照片

　　　　　　A　　　　　　　　　　　　　B

　　照片 A 中文字的汉语译文：空气净化器，烟雾/一氧化碳警报器。照片 B 中文字的汉语译文：音乐、电影。

1.3　Sprouts Farmers Market 新芽农家超市

　　Sprouts Farmers Market（新芽农家超市），简称 Sprouts，2001 年成立，以蔬菜水果新鲜、绿色环保闻名，在美国西南部迅速扩展，总部在亚利桑那州的凤凰城。

　　　　　　A　　　　　　　　　　　　　B

　　照片 A 是食品超市，超市的汉语译文是：新芽农家超市。照片 B 是路旁的告示牌，上面文字的汉语译文是：新芽农家超市。营业时间：早上 7 点至晚上 10 点。

第二部分　超市　店铺

A　　　　　　　　　　　　　　　B

照片 A 中文字的汉语译文：农场新鲜蔬菜水果。照片 B 中，商品标价牌上的文字是：RED ONIONS ＄1.49 lb　Product of USA（红皮洋葱，1.49 美元/磅。产自美国。）fresh produce 新鲜水果蔬菜（fresh fruits and vegetables）。product 产品。

A　　　　　　　　　　　　　　　B

照片 A 是茄子，标价牌见照片 B，其汉语译文是：特价茄子，5 美元 4 个。一次买 4 个，可省 96 美分。截止期至 2014 年 5 月 7 日。bountiful bargain 特价，大减价。EA = each。

A　　　　　　　　　　　　　　　B

109

想去美国？先看懂这些照片

照片 A 是西葫芦，标价牌见照片 B，其汉语译文是：健康生活，物美价廉！墨西哥灰西葫芦，每磅 1.49 美元。产自墨西哥。

　　　　　A　　　　　　　　　　　B

照片 A：Healthy Living For Less! SUGAR SNAP PEAS $ 3^{99} PER LB PRODUCT OF USA（健康生活，物美价廉！甜豌豆，每磅 3.99 美元。产自美国。）照片 B 中文字的汉语译文：红薯，每磅 1.29 美元。产自美国。

　　　　　A　　　　　　　　　　　B

照片 A 中水果的标价牌见照片 B，其汉语译文是：有机鲜菠萝，每个 4.99 美元。产自哥斯达黎加。EA = each。

　　　　　A　　　　　　　　　　　B

照片 A 中文字的汉语译文：健康省钱，多色苹果，每磅 99 美分，省 50 美分。美国产。多色苹果就是一个苹果上有多种颜色。

照片 B 中文字的汉语译文：健康省钱，无籽西瓜，每个 2.99 美元。截止日期：2014 年 5 月 7 日。

A　　　　　　　　　　　　　　B

照片 A：Featured This Week AT PLAZAS FINE FOOD　Fresh Pork Baby Back Ribs　＄3.99 LB　USA　05/12/14（本周特色商品。超市优良食品，乳猪鲜排骨，每磅 3.99 美元。产自美国。2014 年 5 月 12 日。）

照片 B：Center Cut Pork Loin Chops ＄4.99 LB USA PLAZAS FINE FOOD MEAT（里脊肉，每磅 4.99 美元。产自美国，超市优良食品、肉类。）

A　　　　　　　　　　　　　　B

照片 A：Veal Scallopini　＄11.99 LB　USA　PLAZA'S FINE FOODS MEAT（小牛肉片，每磅 11.99 美元。产自美国。超市优质食品、肉类。）

照片 B：Fresh Ground Veal　＄6.99 LB USA PLAZA'S FINE FOODS MEAT（鲜牛肉馅，每磅 6.99 美元。美国产超市优质食品、肉类。）

想去美国？先看懂这些照片

A

B

照片 A 是花卉区的一角。照片右上方有一个牌子，上面的文字见照片 B，其汉语译文如下：

郁金香	＄7.99	东方百合	＄9.99
杯中插花	＄9.99	小苍兰	＄5.99
郁金香花束	＄5.99	橘星卷	＄9.99
向日葵花束	＄3.99	陶瓷瓶装饰玫瑰	＄5.99
6 英寸兰花	＄19.99	束花	＄7.99～＄9.99

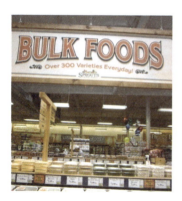

A

B

照片 A：BULK FOODS Over 300 Varieties Everyday! SPROUTS（散装食品，每日 300 多种！新芽农家超市。）bulk foods 散装食品。与 bulk foods 对应的是 packaged foods 包装食品。照片 B 中文字的汉语译文：熟食。新鲜饭菜有卖。

112

delicatessen 熟食店，常简写成 deli。go 的意思是"卖（to be sold 或 sell）"。

　　　　　　　A　　　　　　　　　　　　　　　B

照片 A：SNACKS（零食）。照片 B：BREAD（面包）。

　　　　　　　A　　　　　　　　　　　　　　　B

　　照片 A：VITAMINGS NATURAL HEALTH & BEAUTY CARE（维他命　天然健康和美容护理）。

　　照片 B：RAW NUTS　ROASTED NUTS　SNACK MIXES　TRAIL MIXES（生干果　烤熟的干果　小吃什锦　野餐什锦）。

　　　　　　　C　　　　　　　　　　　　　　　D

照片 C 是 snack mixes（小吃什锦）。照片 D 是 trail mixes（野餐什锦）。trail mixes 中，trail 的意思是山路、小径。外出远足、爬山、骑行锻炼的人常随身携带这种小吃。

1.4　Costco 好市多

Costco（好市多）的全称是 Costco Wholesale Corporation（好市多批发公司）。1976 年，该公司创建于加州圣地亚哥。2014 年成为美国第三大销售商。其经营特点是批发、会员制、品尝柜台。

A

B

照片 A 是一家 Costco 的门面，上面的招牌是 COSTCO WHOLESALE（好市多批发）。

照片 B 中可以看到 ENTRANCE（入口）和 EXIT（出口）。入口处有人检查会员证，出口处有人核查购物单。这种情况在其他超市没有。不过，入口处的检查并不认真，不是会员，大摇大摆地进去也没人阻拦你。而出口处则一人不落。

A

B

照片 A 是一个品尝柜台。台面上摆放着让顾客免费品尝的食品。这里没有"先尝后买"的潜规则，更无强卖。

柜台前面贴着一张白色的告示，上面的文字见照片 B：ORGANIC MINSLEY BROWN RICE　6 COUNT 7.4 OUNCE EACH　Mfr's Instant Rebate　EXP. 05/18/14　6.99　－1.50　PRICE AT REGISTER 5.49　NO REBATE LIMIT　Sales Tax on the pre-rebate price　UNIT PRICE PER OUNCE．124（敏思雷有机糙米，每盒 6 碗，每碗 7.4 盎司。厂家即时打折销售，截止日期：2014 年 5 月 18 日。每盒原价 6.99 美元，省 1.5 美元，在收银台只收 5.49 美元。打折销售不限量。购物税以打折前的原价计算，每盎司售价 0.124 美元。）

照片 B 中含的信息量太多了！

● Minsley 是美国一家生产方便面和方便米的公司。方便米就此一家。其方便面、方便米都是绿色原料，无转基因（all natural, non-GMO）。方便米放进微波炉里，90 秒即可食用，无需加水。就是照片 A 中供顾客品尝的那种米。

● 6 COUNT 7.4 OUNCE EACH 每盒 6 碗，每碗 7.4 盎司。其中的 count 是名词，不是动词，意思是 the total number 总数。

● Mfr's = Manufacturer's 生产厂家的。Mfr 是 Manufacturer 的缩写。

● EXP = expire 截止日期，到期，期满。

● REGISTER = cash register 收银机。

● NO REBATE LIMIT 的意思是不管你买多少，都打折，没有数量限制。（No rebate limit means you can buy as many as you want and get a rebate for EACH PURCHASE.）

● Sales Tax on the pre-rebate price 购物税以打折前的原价计算。

sales tax 购物税。在美国买东西要上税。sales tax 各州不一。加州最高，7.8%。买熟食要纳税。但是，买生食，如蔬菜、水果、米面等食物不用纳税。美国的购物税是明的，打在你的购物条上。中国的购物税是暗的，加在物价里了。

想去美国？先看懂这些照片

　　　　　　A　　　　　　　　　　B

　　照片 A 中文字的汉语译文：健康省钱。绿柿子椒，每个 49 美分，省 28 美分。产自墨西哥。照片 B 中文字的汉语译文：健康生活，物美价廉！柠檬 1 美元 3 个。产自美国。

　　　　　　A　　　　　　　　　　B

　　照片 A 中文字的汉语译文：粉红葡萄柚，每个 99 美分。产自美国。照片 B 中文字的汉语译文：健康生活，物美价廉！蔓上长熟的西红柿，每磅 1.99 美元。产自美国。

1.5　Safeway 安味（西夫韦）

　　Safeway（安味）是世界上最大的食品零售商之一，有 2,200 多家分店，约 25 万名员工。汉语中有将 Safeway 译成"西夫韦"的，而本书意音合译，将其译成"安味"，因其名称起源于 safe way（平安路）。

第二部分　超市　店铺

　　　　　　　A　　　　　　　　　　　　　　　B

　　照片 A 是 Safeway 的一个店面，上面的文字和图案是其注册的招牌。照片 B 中的文字是：SAFEWAY　Attention Shoppers! Shopping cart wheels may lock unexpectedly at front doors. Shopping cart wheels will lock if taken beyond the parking lot. Parking lot boundaries are marked by distinctive yellow lines. （安味超市告示：顾客请注意！购物车的轮子有时会在门外意外卡住，而推出停车场边界肯定会卡住。停车场边界有明显的黄线标识。）

　　　　　　　A　　　　　　　　　　　　　　　B

　　照片 A 是 Safeway 门前的一个告示牌，画面和文字表达的意思是：在 Safeway 购物有积分，可以到加油站优惠加油。文字是：REWARD POINTS at SAFEWAY　Buy Groceries Save at the Pump! Chevron with TECHRON　Come in and find out how! （在 Safeway 购物有积分，在加油站省钱！可以在雪佛龙加油站，优

117

惠加 TECHRON 优质油。请进，看看怎么操作！）

大型石油公司一般都有自己的加油站，Chevron（雪佛龙）是其中之一。TECHRON 是雪佛龙公司 1995 年开发的一种汽油添加剂，它能使燃料更充分燃烧、更清洁，以保护发动机。TECHRON 是这种添加剂的商标。

照片 B 中文字的汉语译文：健康省钱。洛马西红柿，每磅 88 美分，省 61 美分。产自墨西哥。

A　　　　　　　　　　B

照片 A 中文字的汉语译文：健康省钱。绿葱，每把 49 美分，省 10 美分。产自墨西哥。照片 B 中文字的汉语译文：健康省钱。红水萝卜，每把 49 美分，省 20 美分。产自美国。截止日期：2014 年 5 月 7 日。这种小水萝卜是做沙拉用的。

词汇辨异

radish 水萝卜, carrot 红萝卜, turnip 芜菁的区别。见以下图解：

　　radish　　　　　　　　carrot　　　　　　　　　　turnip

第二部分　超市　店铺

　　　　　　A　　　　　　　　　　　　　　　B

　　照片 A 是一把把芹菜，标价牌见照片 B，其汉语译文是：健康省钱。芹菜 1 把 99 美分，省 50 美分。产自美国。截止日期：2014 年 5 月 7 日。

　　　　　　A　　　　　　　　　　　　　　　B

　　照片 A 的中间是黄瓜，下面标价牌上的文字是：Healthy Savings HOT HOUSE CUCUMBERS 98C 1 EA SAVE 52C　PRODUCT OF USA VALID THRU 05/14/14（健康省钱。黄瓜每根 98 美分，省 52 美分。产自美国。截止日期：2014 年 5 月 14 日。）

　　照片 B 是西兰花的标价牌，上面文字的汉语译文是：美国农业部认证绿色食品，有机西兰花，每个 1.99 美元。产自美国。

　　　　　　A　　　　　　　　　　　　　　　B

119

照片 A 是超市内的药房招牌，文字是：pharmacy　prescription pick up prescription drop off（药房、取药方、递药方）。什么意思呢？美国医院里的医生开完药方，医院里不卖药。病人要拿着药方去外面药店里买药。大的超市里一般都有药房。你在 drop off 窗口把药方递给药剂师，付费后到 pick up 窗口取走你的药和药方。

照片 B 是一个 coinstar（零币兑换机），即把一堆硬币换成整钱的机器。很多超市里有这种机器。通常要收 8% 的兑换费，但是你要是把硬币总值转存到该超市的购物卡上，就不收费。上面还有捐献按钮（donation），用手指点一下，也不收费。

1.6　Chinese 华人

在华人超市中，文字通常都是英汉对照。不过，汉字用繁体字的更多些，说明店主可能来自台湾、香港。

A　　　　　　　　　　　B

照片 A 是华人开的一家超市 RANCH MARKET，店名为大华超市，和英语店名 ranch market（牧场市场）的含义无关。

照片 B 中，标价牌上的英语是：FORMOSA KNIFE-CUT NOODLE saved $.66　$4.99 /bg.　special（台湾刀削面，每包 4.99 美元，省 0.66 美元。特价）。FORMOSA（福摩萨）是台湾旧称，源自 1542 年葡萄牙海员路过此地，为之取名 Ilha Formosa。Ilha Formosa 是葡萄牙语，英语的意思是 beautiful island（美丽的岛屿）。formosa = beautiful。因此，把台湾叫福摩萨并无歧视的意思。名字是葡萄牙海员取的，但葡萄牙并未占据过台湾。到 17 世纪，荷兰、西班牙占据台湾多年，沿用的是葡萄牙海员取的名字。

A	B

照片 A 中是繁体汉语。照片 B 中的英语是：Buy One Combo, Get One Free Soup.

1.7　Goodwill 良愿商店

Goodwill 商店起源于波士顿的牧师 Edgar J. Helms。1902 年，Helms 牧师组织教友把富人丢弃的物品捡回来，清洗、修理、修补后分发给穷人；到 1915 年，形成了独特的经营模式，并把其特点延续至今。现在 Goodwill 的年收入超过了 40 亿美元，大部分资金用于残疾人、无业人员的就业培训，同时招聘无业、难就业人员。Goodwill 商店是 Goodwill Industries International Inc.（良愿工业国际有限公司）的一部分，是非营利商店。Goodwill 商店的东西很多是回收来的，所以较便宜，是穷人喜欢光顾的地方。

Goodwill 工业公司很像是一个非营利、行善的大型回收公司。

A	B

想去美国？先看懂这些照片

照片 A 是 Goodwill 的一个超市的门面，上面的文字是：GOODWILL STORE & DONATION STATION　Donate　Holidays are for giving　Job Help Center（良愿商店和捐献站捐献。节假日是帮助他人的时刻。就业援助中心）。照片 B 是 Goodwill 的标识牌，左上角半个微笑的脸是由字母 g 构成的。

A　　　　　　　　　　　　　　　　　　B

照片 A 是一家 GOODWILL 超市的门面，右边门上有一则白色告示，上面的文字是：GOODWILL MOUNTAIN VIEW STORE JOB FAIR MONDAY, MAY 19TH 1—4 PM　855 E. EL CAMINO REAL（山景区良愿商店招聘会。周一，5月19日下午1—4点。地点：855 E. EL CAMINO REAL。）job fair 招聘会。

照片 B 是这家超市的一角，房顶上悬挂着的广告牌上的文字是："Thanks for helping open doors for me" GOODWILL　Your donations change lives.（"谢谢您帮我打开了生活之门。"良愿，您的捐助能改变一个人的人生。）

A　　　　　　　　　　　　　　　　　　B

122

照片 A 是悬挂着的告示牌，上面的文字是：RECYCLE YOUR OLD MATTRESS　Help the environment. Help the community! By using Goodwill of Silicon Valley to recycle your old mattress you can help the environment, save money and help homeless veterans. Goodwill's mattress recycle program charges a very low recycle fee of only $10 per mattress. Landfills charges $30 and more! All the proceeds are used to help homeless veterans get off the street and into a job. You can drop off at most stores or our main office. For more information:（408）869 - 9132　info@ goodwillsv. org　Goodwill of Silicon Valley（回收您的旧床垫，帮助改善环境。帮助社区！请使用硅谷的 Goodwill 回收您的旧床垫，您可以帮助改善环境、省钱、帮助无家可归的老兵。Goodwill 回收 1 个床垫，只收 10 美元回收费，而回填回收费是 30 美元或以上！回收的收益全部用于帮助无家可归的老兵不再流落街头，或帮助他们找到工作。您可以把床垫放到我们超市或办公室。咨询电话和 email: 略。硅谷 Goodwill。）

2012 年，美国统计的无家可归的老兵是 62,619 人，其中大多数是吸毒、酗酒、精神疾病所致。

照片 B 是贴在超市内墙上的一张告示，上面文字的汉语译文：保护 Goodwill 的劳动成果。硅谷 Goodwill 商店行窃将被起诉。商店行窃是犯罪行为，会受到起诉、罚款、坐牢的惩罚。本店保留扣留、起诉任何行窃被捉住的人的权利。如果你看到有人不付款拿走商品，请报告售货员或收银员。谢谢。防窃保卫科。Loss Prevention 很像中国的保卫科。

　　　　　　A　　　　　　　　　　　　　B

照片 A 中文字的汉语译文：女睡衣。照片 B 中文字的汉语译文：女外衣。

A　　　　　　　　　　　　　　　B

照片 A 中文字的汉语译文：女毛衣，单色。照片 B 中文字的汉语译文：女毛衣，印花。

solid 单色的。print 印花。如下图解：

C　　　　　　　　　　　　　　　D

C: Sleeveless Solid High-Neck Women Sweater 无袖单色高领女毛衣。

D: O Neck Half-Sleeve Floral Print Coats For Women V 领半袖印花女外衣。

A　　　　　　　　　　　　　　　B

照片 A 中文字的汉语译文：儿童服装。大小：4 岁和 4 岁以上。照片 B 中文字的汉语译文：绿色标价牌（服装类）8 折。

1.8　Fry's Electronics 福莱电子

Fry's Electronics（福莱电子）是美国销售电脑软件、硬件、家电、电子产品的大型超市（big-box store），总部在硅谷（Silicon Valley）。Fry 是 Charles Fry 家族的姓。1985 年，Fry 家族和 Kathryn Kolder 合伙创办了 Fry's Electronics（福莱电子）。

A　　　　　　　　　　　　　　B

照片 A 是路边的一个告示牌，上面的文字是 Fry's ELECTRONICS（福莱电子）。照片 B 是 Fry's ELECTRONICS 在硅谷的门面。招牌下面的门的上方，左边的文字 COME ON IN（请进吧）。右边的文字 WHOA! EXIT（止步！出口）。whoa 是语气词，意思相当于 stop。

A　　　　　　　　　　　　　　B

照片 A 是悬挂在墙上的广告，文字是：FRY'S ELECTRONICS　FRY'S SERVICE TECHNICIANS UTILIZE THE INDUSTRY'S PREMIUM TEST TOOLS ●PC SERVICE & REPAIR ●HARDWARE UPGRADES ●SOFTWARE INSTALLATION ●

VIRUS & MALWARE REMOVAL（福莱电子。福莱的维修技师使用工业上最高级测试工具为您服务 ● 电脑维护修理 ● 硬件更新 ● 软件安装 ● 病毒和恶意软件清除。）

照片 B 中，墙上的标语是：WE MATCH INTERNET PRICES（我们和网上售价一样。）

1.9　Ross Dress for Less 罗斯服装优惠店

Ross Dress for Less 的含义是罗斯服装优惠店。Ross 1950 年由 Morris Ross 创办，特点是打折销售。目前，Ross 已在 33 个州有 1,214 家分店，是美国第三大零售商。

这是一家罗斯超市的店面，招牌是 ROSS DRESS FOR LESS（罗斯服装优惠店）。

这是 Ross 超市内的一角，能见的文字有：Maternity　Womens World　Ladies

Great Brands For Less　Denim　Save 20%～60% Off Department Store　Maternity Tops　Maternity Bottoms（孕妇服装　女性世界　女士　品牌优惠　牛仔裤　比其他店便宜20%～60%　孕妇上衣　孕妇内裤。）

1.10　Off-Price Sale 打折销售

off-price sale（打折销售）是一种商业经营方式，各国都有。但是，汉语中的打折和英语的打折（discount）表达方式可不一样。比较：

汉语	英语
1折	90% off
2折	80% off
3折	70% off
9折	10% off
8折	20% off
打5折就一样了	
5折	50% off

A　　　　　　　　　　B

照片A中的衣服折扣销售是40% off（6折）。照片B是父亲节时超市的告示牌，上面的文字是：WHAT DAD WANTS　FARTHERS DAY JUNE 15^(TH)　temporary

price cut　Merona Polos SAVE 2.99　＄12　Reg. 14.99（爸爸需要什么。父亲节：6月15日。即时降价。马龙纳休闲衣，省2.99美元。现价12美元，原价14.99美元。）

OFFER ENDS TODAY　　　LAST CHANCE, OFFER EXPIRES IN
SAVE 10%　　　　　　　48 HOURS

　　　　A　　　　　　　　　　　　　B

照片A中文字的汉语译文：优惠今日结束。9折。照片B中文字的汉语译文：最后的机会，优惠48小时后截止。

　　　　A　　　　　　　　　　　　　B

照片A是一个超市门外的一块牌子，上面的文字是：Stay healthy. Get immunized. AND GET 10% off groceries. I'm here to help. We offer vaccinations for shingles, hepatitis and more. Walk-ins welcome. Pharmacy at SAFEWAY.（保持健康。得到免疫，还能9折购物。我在此恭候。我们有疱疹、肝炎等疫苗接种。无需预约，欢迎光临。安味超市药房。）

照片B中牌子上文字的汉语译文是：可达8折或以上优惠！您算赶上了，可达我们会员卡的顶级折扣。U = you。

1.11　BOGO 买一送一

A　　　　　　　　　　　B

照片A中牌子上的文字是：BOGOF ON ALL 7″ PIZZAS TODAY!（买一送一。所有7英寸的比萨饼。今日！）。BOGOF = Buy One Get One Free 买一送一。

照片B中的文字：BOGO　BUY ONE, GET ONE　1/2 OFF　buy one pair, get the second pair of equal or lesser value for half price www.atlantasfrugalmom.com（买一送一，半价。买一双，可以再得到等价的另一双或者低于此价的另一双。网址：略。）

A　　　　　　　　　　　B

照片A中文字的汉语译文：全店商品，买一送一，5折。照片B中文字的汉语译文：买一送一。促销。非印花服装——促销商品。

1.12　Shopping Carts 购物车

超市的购物车，不同国家叫法不一。美国不同的州，对其叫法也不尽相同。加拿大的叫法基本同美国。

购物车名称		国家（地区）
shopping trolley	trolley	英国
shopping cart grocery cart	cart	美国
shopping carriage	carriage	美国东北部的几个州（New England）
wagon		纽约、夏威夷
buggy		美国部分地区

● baby shopping cart 母子购物车。parent toddle trolley（英国）。

● basket 购物筐。亦可说 grocery basket, shopping basket。

A

B

照片 A 是一个超市门前的购物车回收处，上面有个牌子，牌子上的文字见照片 B：To Prevent Damages And For Your Safety　Please Return Carts Here　Thank You For Shopping　SPROUTS FARMERS MARKET　Sprouts Is Not Responsible For Damages.（为避免购物车损坏和您本人的安全，请把购物车放回这里。谢谢您购物。新芽农家超市。本超市不承担受损车赔偿费。）

　　　　　　　A　　　　　　　　　　　　　　　　B

　　照片 A 是 Stop & Shop 超市门外的购物车存放处。购物车上方有个大告示牌。牌子左边紫色部分的文字是：Please return carriages here　Thanks（请把购物车放回这里。谢谢。）牌子右边白色部分的文字是：Don't forget your reusable shopping bags（别忘了带走环保购物袋。）文字下面的袋子就是环保购物袋。这个大牌子下面一辆购物车上有个白色的告示牌，上面的文字是：Thank you for shopping at Stop & Shop.（谢谢光临本店购物。）

　　照片 B 就是 Stop & Shop 超市的门面，上面的文字是：Stop & Shop　low prices fresh picked produce（"进来看看购物店"价低。新鲜采摘的水果蔬菜。）Stop & Shop 是大型超市连锁店，经营区域主要在美国东北部。1892 年创业，现总部在马萨诸塞州的波士顿。

　　　　　　　A　　　　　　　　　　　　　　　　B

　　照片 A 中，可以看到超市内有服务员、母亲、孩子、购物车。服务员提醒孩子母亲不能让孩子坐在车斗里，那样很危险。这位母亲也意识到了，赶紧去把车斗里的孩子抱出来。

　　右边小孩儿的坐法是对的，腰里系好了红色的安全带。她靠背上有一个绿

131

色的牌子，上面的图文见照片B，其中的文字是：WARNING Your child can fall out of the cart and suffer a serious head injury. ALWAYS buckle-up child in cart seat and fasten securely. STAY with your child at all times. DO NOT allow child to ride in basket. DO NOT use your own personal infant carrier or car seat. Only use cart seat for children ages 6～48 months and 15～35 lbs.（警示：您的孩子有可能从车上甩出去，头部受重伤。要给坐在座位上的孩子系牢安全带。时刻不要离开孩子。不要让孩子坐在车斗里。不要使用你自己的兜婴袋或自家车的婴儿座椅。购物车的座位只许6～48个月、15～35磅体重的孩子使用。）

有小孩儿座位的购物车叫baby shopping cart母子购物车，也叫parent toddler trolley（英国）。

美国每年有2万以上的婴幼儿因购物车倾倒受伤去医院急诊，其中有的致残，还有的死亡。

　　　　　　A　　　　　　　　　　　　　　　B

照片A是英国一家超市门外的停车场，蓝色牌子上文字的汉语译文是：请在此取购物车，用后放回这里。谢谢。蓝色牌子下面有个绿色的牌子，上面的图画是父母拉着一个孩子来购物，图画下面的文字是PARENT & TODDLER TROLLEY（母子购物车）。

照片B是英国一家超市门外的trolley bay（购物车存放处）。车的把手上有一个投币孔，投硬币后，车才能推走。还车时，车放回，硬币就会自动弹出来，还给你。在美国还没遇到过这种购物车。这个bay用的是玻璃围墙，墙上贴着一个告示，图案是一个大的购物袋，装满了商品，上面的文字是：Reuse your bag today The big Green Bag（今天继续用你的绿色大购物袋吧。）The big Green Bag

构成了一个绿色购物袋图案。

trolley bay 购物车存放处（英国）。

cart parking point 购物车存放处（美国）。

1.13　Hanging Scales 吊秤

在超市或农贸市场经常见到这种吊秤。这种吊秤是让顾客估重用的，不是中国农贸市场的公平秤——看看是否缺斤短两被欺诈。

　　　　　A　　　　　　　　　　　B

照片 A 是超市散装食品区的一个吊秤，秤盘上有个告示牌，上面的文字见照片 B：ESTIMATED WEIGHT ONLY（只用于估重）。

想去美国？先看懂这些照片

Stores and Shops 店铺

2.1　Notice 告示

2.1.1　Street Notice 街头告示

　　　　　　　A　　　　　　　　　　　　　　B

　　从照片 A 中可以看到，马路的旁边是 2 米宽的人行道，有 2 个人在人行道旁边的一家店铺买东西。这是一家冰淇淋店。可能因为生意好，店铺门前经常排长队堵塞过往行人，于是店家在店铺门前约 1.5 米处竖立了两个铁柱，两个铁柱之间拉起了一条黑布，在黑布一端的铁柱上竖起一个告示，让顾客到黑布外面和马路之间排队等候，轮到谁谁就过来买，避免了排队堵塞人行道。照片上告示的文字见照片 B，其汉语译文是：请不要堵塞人行道。在布绳后面排队等候。

第二部分　超市　店铺

A　　　　　　　　　　　　　　　B

照片 A 是 Ross Stores 的一个分店。Ross Stores 是 off-price（便宜）店，是美国最著名 3 家便宜零售商之一。另外两家是 T. J. Maxx 和 Marshalls。这个门子上面有 Pull　Enter（拉门，请进）的文字。在门上有一张红色的公益告示，告示上的文字见照片 B，自上而下，自左至右: Together We Raised ＄2,777,185　ROSS DRESS FOR LESS　Proudly Supports American Heart Association CPR First Aid　Ross and its Customers proudly support the American Heart Association. 100% of donations benefit American Heart Association's CPR in schools program.（我们已一起筹集了 2,777,185 美元。罗斯便宜服装店自豪地支持美国心脏协会的心肺复苏急救项目。罗斯店及其顾客自豪地支持该协会。100% 的捐款会用于裨益该协会的学生心肺复苏项目。）

A　　　　　　　　　　　　　　　B

照片 A 是路旁的一个大牌子，上面文字的汉语译文是：1-2-3 针灸。脊椎推拿。私人牙医——牙科博士 Marina Manosov。这个牌子告诉你，附近有 3 家营业单位。

DDS = Doctor of Dental Surgery 牙科博士。在美国，DDS = DDM：Doctor of Dental Medicine（牙医博士）。

135

想去美国？先看懂这些照片

照片 B 是路旁一座不起眼建筑前的一个告示牌，告诉你此处有 5 家营业单位，上面的文字是：

BCRABIN, MD INTERNAL MEDICINE	BC RABIN 医学博士 内科
IRWIN COHEN, D. P. M. FOOT SPECIALIST	IRWIN COHEN 儿科医学博士 足疾专家
Kathy Lee, DDS, MS ORTHODONTIST	Kathy Lee 牙科博士 矫形牙医
R. CRYSTAL MD OB/GYN	R. CRYSTAL 医学博士 妇产科医师
PALO ALTO HEARING AID CENTER	帕洛阿尔托市 助听器中心

词汇学习

MD = Doctor of Medicine 医学博士。亦可 DM。

D. P. M. = Doctor of Pediatric Medicine 儿科医学博士。pediatric 小儿科的。

DDS = Doctor of Dental Surgery 牙科博士。在美国，DDS = DDM：Doctor of Dental Medicine（牙医博士）。

MS = Master of Science 科学硕士

orthodontist 矫形牙医。

OB/GYN obstetrician-gynecologist 妇产科医师。

OB = obstetrician 产科医生。

GYN = gynecologist 产科医生。

HEARING AID 助听器。

2.1.2　Closing Sale 停业甩卖

停业甩卖是 closing sale 或 closeout sale。

136

清仓甩卖是：clearance sale 或 liquidation sale。

　　　　　　A　　　　　　　　　　　　B

照片 A 中一个大箭头上的文字是：STORE CLOSING　EVERYTHING MUST BE SOLD!（本店停业，全部甩卖!）照片 B：最后几天，3 折甩卖。

　　　　　　A　　　　　　　　　　　　B

照片 A 上文字的汉语译文是：最后几天，给钱就卖，一件不留！

We Accept Reasonable Offers 直译：我们接受合理的报价。对应的汉语语境表达是：给钱就卖。

照片 B 中 的 文 字 是：OPEN　PALO ALTO RUGS GALLERY　FINE ORIENTAL AND TRIBAL RUGS　(650) 327 - 0668　STORE CLOSING EVERYTHING MUST BE SOLD!［营业中。帕洛阿尔托市地毯展销，东方部落地毯。联系电话：(650) 327 - 0668。本店停业，全部甩卖！］

想去美国？先看懂这些照片

　　　　　　　　A　　　　　　　　　　　　　　　　B

　　照片 A 中文字的汉语译文是：本店停业销售，一件不留！给钱就卖。No Reasonable Offer Will Be Refused——直译：任何合理的报价都不会被拒绝。照片 B 中可以看到：STORE CLOSING SALE! EVERYTHING MUST GO!（本店停业销售，全部甩卖！）

　　　　　　　　A　　　　　　　　　　　　　　　　B

　　照片 A 是 Mervyns（默文百货公司）的一家商店，路旁和墙上打出了停业甩卖的告示。路旁牌子上的文字是：Mervyns　THIS LOCATION ONLY　STORE CLOSING! EVERYTHING ON SALE!（Mervyns 本地此店，本店停业！全部甩卖！）墙上的黄色文字见照片 B，汉语译文：本店停业，清仓甩卖。fixture 店内存货。liquidation 清除，结算。

　　Mervyns 是 Mervyn Morris 在加州 1949 创办的，以他的名字命名，总部在加州的 Hayward。该店在美国零售商中排名 30 以外。

2.1.3　Hours 营业时间

　　　　　A　　　　　　　　　　　　　　　B

照片 A 上文字的译文：营业中。照片 B 上文字的译文：请进，营业中。无需预约，欢迎推门进来！

词汇学习

● walk-in 可以是名词，复数是 walk-ins。意思是不用预约的顾客，可以走进去的壁橱，没有预约的病人。例如：

Walk-ins Welcome!

无需预约，顾客请进！（walk-ins 顾客）

There is a walk-in in the main bedroom.

主卧室里有一个可以走进的壁橱。（walk-in 壁橱）

Many of the clinic's patients are walk-ins who suddenly need help.

许多就医的病人都是没有预约的病人，突然来就诊。（walk-ins 没有预约的病人）

● walk-in 可以是形容词。意思是：

（1）不速而至的。如：

walk-in customers/ clients/ patients 无需预约的顾客/客户/病人

（2）可以走进的。如：

a walk-in closet 可以走进去的壁橱

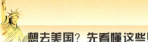

2.1.4　Offer & Off 优惠　打折

　　　　　　　　A　　　　　　　　　　　　　　　B

照片 A 上文字的译文：连续 6 天，劳动节。学生和老年人 8.5 折。美国的劳动节是商业销售的高峰期之一，销售量仅次于圣诞节。

照片 B 上文字的译文：圣诞节优惠，8.5 折。本店所有商品，请输入促销号码：15XMAS。促销截至 12 月 31 日。

词汇学习

X'mas = Christmas。X = Cross 十字架。

offer 优惠价，即 offer price。如：a half-price offer 半价优惠。

promo = promotion 促销。

　　　　　　　　A　　　　　　　　　　　　　　　B

照片 A 上文字的译文：年终甩卖！2 折。快……存货有限！优惠截至 2014 年 1 月 2 日。

照片 B 上文字的译文：我们有优惠龙虾。母亲节！2014 年 5 月 11 日。营业时间：上午 10 点至晚上 11 点。serve 本身没有"优惠"的意思，但是在这样的告示中就告诉你有优惠，因为是母亲节。

2.2　Restaurants 餐馆

2.2.1　Tips 小费

如果吃自助餐、快餐，不用给任何人小费。但是，在点菜的餐馆要付小费。这种小费叫 tip，不叫 fee。

tip 约是餐费的 15%～20% 之间。在美国，这种 tip 几乎就是 mandatory（强制性的）。美国劳动部规定的拿小费的雇员（tipped employees）的最低工资是 2.13 美元/每小时。有小费，这种雇员的工资通常会达到至少 7.25 美元/小时。

大多数餐馆不会把这种 tip 加在顾客的账单里。但是也有例外，如旅游景区的餐馆。原因是有些外国游客不给服务员小费。因此，有的景区餐馆会在点菜的菜谱上写上：Service Charge（请付小费），甚至写得更详细：18% gratuity will be added（您的饭菜里加了 18% 的小费钱。）

各国文化背景不同，但要入乡随俗。在美国要付小费。在英国不必付小费。在日本千万不要付小费，因为日本人认为给小费是对服务员的羞辱。

　　　　A　　　　　　　　　　B

照片 A 是账单和小费。照片 B 的下部有 QUICK GUIDE（快速计算小费指南）。"指南"给了你3个选择，它告诉你：你的饭费是25.81美元。你付15%的小费是3.87美元，18%是4.65美元，20%是5.16美元。

2.2.2　Drive Thrus 开车购餐

　　　　　　　A　　　　　　　　　　　　　　B

照片 A 中有一个红色的牌子，上面有一个黄色的箭头，文字是 DRIVE-THRU。什么意思？原来这是一个快餐店，墙上开了一个外卖的窗口，人们可以直接在车上排队在窗口买快餐。因此，此处的 DRIVE-THRU 就是开车购餐。这种窗口叫 drive-thru window，或者就叫 drive-thru。drive-thru 作为名词还可以有复数 drive-thrus。照片 B 是这个快餐店的服务员让司机提前点菜，窗口取餐会更快一点儿。

词汇学习

　　drive-thru = drive-through。这是新词，意思是开车不用下车（办事）。这样的服务窗口就叫 drive-thru。作为名词，drive-thru 的复数是 drive-thrus。drive-thru 既是一种经营模式，也是生活方式。不仅餐馆有，银行、药店等也有 drive-thrus。例如：

　　　　a drive-through restaurant 开车购餐的餐馆
　　　　the drive-through window 开车购餐的窗口
　　　　drive-thru bank 开车办事的银行
　　　　drive-thru pharmacy 开车购药的药店

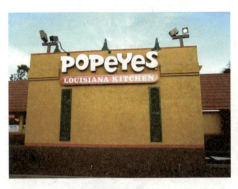

　　　　　　　A　　　　　　　　　　　　　B

　　照片 A 是 POPEYES 路易斯安那厨房。POPEYES 是美国著名快餐店之一。照片 B 是这个快餐店的开车购餐窗口和排队购餐的汽车。

2.2.3　Fast Food 快餐

　　照片中间有个标识牌，上面的文字是 SUBWAY。如果你赶地铁，往这儿跑，那非误事儿不可。SUBWAY 是"地铁"的意思，而且从远处看，朦朦胧胧还真像个地铁口。而走近一看，会恍然大悟，原来是个餐馆，门外还有大排档。SUBWAY 是美国最著名的快餐店之一，有 4 万多个分店遍布 110 个国家和地区。中国也有其分店，译名为：赛百味。

　　SUBWAY 快餐店的名字和地铁无关，但是和 submarine（潜艇。意思是 under the sea。sub 是 under 的意思）有关。据说 19 世纪末叶，一位意大利移民制作一种三明治，形状像潜艇，称之为 submarine sandwich，在美国流行开来。许多人开起了这种快餐店铺，把 sub 冠名其中，如 Jersey Mike's Subs, Charley's Grilled Subs, Lenny's Sub Shop。SUBWAY 快餐店起初叫 Pete's Super Submarines（1965 开业直接用了 Submarines），但是在 1968 年改名为 SUBWAY，至今。

 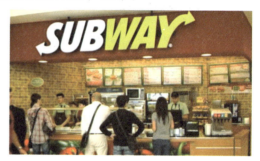

A　　　　　　　　　　　　　　　　B

照片 A 和 B 都是 SUBWAY 快餐店。SUBWAY 店名中的 S 和 Y 都有箭头，这是其商标。

2.2.4　Featured Cuisine 特色菜

2.2.4.1　Chinese Cuisine 中国菜

有汉字元素的餐馆，一般都有华人背景，做的菜也有一定的中国风味。

A　　　　　　　　　　　　　　　　B

照片 A：周妈妈之家。绿色圆形招牌上的文字是：Chou Ma Ma's Kitchen（周妈妈厨房。）这是华人开的餐馆。照片 B 也是华人开的一家咖啡馆，汉字是：吃香喝辣。玻璃窗上可以隐约看到重庆菜字样。

2.2.4.2 Japanese Cuisine 日本菜

A　　　　　　　　　　　　　B

照片 A 是一家日本餐馆：SUSHI 85（寿司 85）。SUSHI 是日语すし（寿司）的读音，就是小吃、餐馆的意思。照片 B 是这家餐馆正门上的告示：WELCOME TO SUSHI 85　PLEASE USE OTHER DOOR（欢迎来寿司 85 餐馆　请走旁门。）use other door = use the other door，意思一样，都对。

2.2.4.3 Caribbean Cuisine 加勒比海风味

A　　　　　　　　　　　　　B

照片 A 是一家餐馆的正面，上面的文字是：COCONUTS　CARIBBEAN RESTAURANT & BAR（椰子　加勒比餐馆酒吧。）照片 B 的上方是餐馆名字，中间是营业时间，下部引号中有一行字：CARIBBEAN CUISINE WITH DISTINCTION & FLAIR（加勒比海菜，风味独特别致）。再下面是电话、地址、网址。

2.2.4.4　*Italian Sandwich* 意大利三明治

A　　　　　　　　　　　　　　B

照片 A 是一家餐馆，名字是 Jersey Mike's Subs（麦克潜艇快餐店）。照片 B 是这家店铺的夜景。店名中的 Subs 怎么和潜艇有关系？

据说 19 世纪末叶，一位意大利移民制作一种三明治，形状像潜艇，称之为 submarine sandwich，在美国流行开来。许多人开起了这种快餐店铺，把 sub 冠名其中，如 Jersey Mike's Subs, Charley's Grilled Subs, Lenny's Sub Shop, Subway（汉语译名赛百味）。Jersey Mike 是其中之一。

2.2.5　*Pizza* 比萨

A　　　　　　　　　　　　　　B

照片 A 是一家比萨店：NEW YORK PIZZA（纽约比萨店。）这个店名中有 NEW YORK，只是名称，此店并不在 NEW YORK。照片 B 是一家比萨店的店面。玻璃上有一个大的比萨饼，切开了一个角。下面黄色文字是：Pizza By The Slice（比萨切块儿卖。）就是说，你不买整个也可以。

第二部分　超市　店铺

A　　　　　　　　　　B

照片 A 是比萨店门前的告示牌，上面文字的汉语译文是：圆桌比萨店 。自助午餐。上午 11：30 至下午 1：30 。周一至周五。比萨，色拉卷饼，成人 7.99 美元，儿童 4～10 岁 3.99 美元，3 岁及以下儿童免费。

许多餐馆都有儿童、老人优惠或免费的规定。餐馆不要求你出示任何有效证件证明你的年龄，完全相信你的自述。如果带老年父母就餐，不必出示"你妈是你妈"的证明。这种诚信在很多场合经常见到，如公交车买票、游泳池买票、旅游景点买门票等。

照片 B 也是圆桌比萨店的一个告示牌，上面文字的汉语译文是：圆桌比萨店 , 周二晚间特价，比萨 7 折，下午 2 点至晚间 11 点。此优惠只在周二晚间。不论比萨的大小、种类、数量都 7 折。其他的优惠、折扣取消。

2.2.6　Tofu House 豆腐店

A　　　　　　　　　　B

照片 A 是韩国人开的一家豆腐店。门面上有明显的文字：TOFU HOUSE

（豆腐房），或者汉语说成"豆腐之家"。因为人家不只卖豆腐，还有各种饭菜，当然你只买豆腐也可以。照片 B 是这家豆腐店在马路旁竖立的招牌，可以看到圆形商标的上方是朝鲜语。

2.2.7 Grill 烧烤

A   B

照片 A 是一家烧烤店，门面上的文字是 La Salsa FRESH MEXICAN GRILL（La Salsa 墨西哥鲜味烧烤）。La Salsa 是西班牙语，La 相当于英语的冠词，Salsa 辣酱。

照片 B 中店铺门面上的文字是 Barbeques Galore（各种烤架店）。这是一家澳大利亚人开的店铺，经营各种烤架器具，不卖烧烤食品。Barbeque 烤架。Galore 丰富多样。

A   B

照片 A 中，店铺上方是店名：L&L HAWAIIAN BARBECUE（L&L 夏威夷烧烤）。店名下面左侧门子的上方有 FREE TRAIL（免费品尝）红色文字。这个店也可以写成 L&L HAWAIIAN BBQ。BBQ = barbecue。barbecue = barbeque。这个店起初在夏威夷，但是现在已走进美国大陆和全世界了。名字叫 L&L 夏威夷烧烤，但是夏威夷风味的菜肴是他们的主打经营。照片 B 是这个店的张贴画。夏威夷姑娘手中的杯子上彰显其店名 L&L，背景是海水、沙滩、椰树、蓝天、白云。

2.2.8　*Buffet* 自助餐

A　　　　　　　　　　　　　　　B

照片 A 是一家自助餐餐馆，店面上方的文字是：NEWARK BUFFET · ALL YOU CAN EAT ·（纽瓦克自助餐，尽情享用。）美国有好多 NEWARK 地名，此处的 NEWARK 是加州中部 Alameda County（阿拉米达县）的一个小城市，人口 4 万多，其中有 26% 的华人。在店面玻璃上有一个霓虹屏，上面的文字见照片 B：OPEN TSINGTAO BEER（营业中　青岛啤酒）。在 TSINGTAO 和 BEER 中间还有天安门图案。

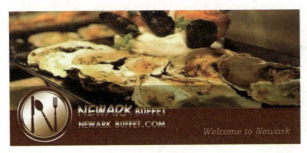

C　　　　　　　　　　　　　　　D

照片 C 是这家店铺的张贴画，上面的文字有店名、网址和 Welcome to

想去美国？先看懂这些照片

Newark。照片D是特色菜之一——螃蟹腿。螃蟹腿展开有20厘米左右，每个腿里的肉有小细萝卜粗，蘸着调料吃，味道很美。只有蟹腿，没有蟹体。蟹体跑哪儿去了？蟹腿、蟹体长在一起，该多大个儿的螃蟹呀？

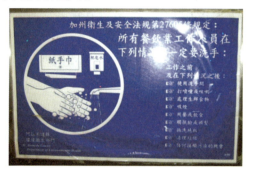

E　　　　　　　　　　　　　　　F

照片E是这家店铺卫生间洗手处的告示牌。照片F是相邻的汉语的告示牌。英汉对照，文字如下：

California Health And Safety Code Section 114020 Requires:	加州卫生及安全法规第27605条规定：
All Employees Must Wash Their Hands:	所有餐饮业工作人员必须洗手
Before: Starting Work	工作之前：开始工作
After:	及在下列情况之后：
Using the restroom	使用洗手间
Sneering or coughing	打喷嚏或咳嗽
Handling raw food	处理生鲜食品
Smoking	吸烟
Eating or drinking	用餐或饮食
Touching face or hair	触摸脸或头发
Mopping the floor	拖洗地板
Taking out the garbage	清理垃圾
Any chance of contamination	任何接触污染的机会
Alameda County	阿拉米达县
Department Of Environmental Health	环境卫生部

2.2.9　Delivery 送餐

　　　　　　A　　　　　　　　　　　　　　B

照片 A 是一家日本风味餐馆，门面的上方有醒目的网址：cardinalsushi.com。门上方有店名：Cardinal Sushi（精品寿司店）。当然，他们不仅仅做寿司，也提供各种菜肴。送餐是这家餐馆的特色之一。

照片 B：网址：略。深夜，本寿司店送餐。电话：650－321－1254　请网上订餐。

　　　　　　A　　　　　　　　　　　　　　B

照片 A 是一家意大利餐馆门前悬挂的告示，上面的黑色文字是：Our Party Pans really deliver. {or, you can just take them with you}（我们准备就绪，有多种饭菜派送。{您也可以自行带走}。）照片 B 中文字的汉语译文是：送餐和办宴席，随时服务。电话：650－329－0665。

2.2.10　Snack Shop 零食店

　　　　　　　　A　　　　　　　　　　　　　B

照片 A：Snack Shop（零食店）。snack 零食，小吃。这个零食店的旁边就是一家汽车修理厂。店面的玻璃上有个显眼的告示。见照片 B：Check Engine Light On? We Perform Total Computer & Engine Diagnostics!（看看您的发动机灯亮了吗？我们能对电脑和发动机全面检修！）显示屏上发动机灯亮说明车有问题了。看来这个零食店和汽车修理厂是一家。

2.2.11　Fruits 水果店

　　　　　　　　A　　　　　　　　　　　　　B

　　照片 A 是路边的一家水果店。门外摆着的这些水果都是顾客挑买剩下的，很便宜。这种水果、蔬菜等叫 selected second（挑剩的处理品）。大的超市里会有一个专门的地方卖这种处理品，那个地方就写着 SELECTED SECOND。照片 B

是这家水果店门面上的一个告示：HELP WANTED（招聘帮手）。

HELP WANTED 的意思是招聘帮手。但是，把其中的 help 换成人名，意思就成了通缉某人。如：Kate Thomson Wanted（通缉 Kate Thomson），The Suspect Wanted（通缉嫌疑犯），The Escaped Wanted（通缉逃犯），Dead or Alive Wanted（活要见人，死要见尸）。

2.2.12　Juice 果汁

A　　　　　　　　　　　　　　B

照片 A 是一个果汁店的门面，名字是 Jamba Juice（Jamba 果汁店）。店面前挂着一个广告牌，上面的黄色文字是 NEW FRESHLY SQUEEZED JUICES（最新的新鲜榨取果汁）。照片 B 是该店门前的大排档座位，黄色遮阳伞上有其店名 Jamba Juice。

2.2.13　Starbucks 星巴克咖啡

A　　　　　　　　　　　　　　B

照片 A 是星巴克咖啡的商标，但是这是第二代商标，是在第一代商标的基础上修改而成。第二代商标中间的画面依然是双尾美人鱼 Siren——古希腊神话中的半人半鸟女妖。第一代商标中的 Siren 有裸露的乳房和肚脐，而第二代用头发遮盖起来了。

照片 B 是星巴克咖啡店。星巴克咖啡公司的总部在西雅图，是全世界最大的咖啡公司，在 65 个国家和地区有 21,536 个分店，在中国有 1,716 个。

2.2.14　Wine Store 酒铺

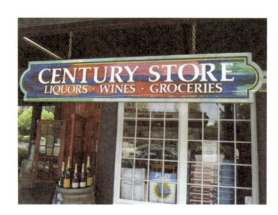 

　　　　　　A　　　　　　　　　　　B

照片 A 是一家卖酒的店铺，店主人是犹太人。照片中的文字是：CENTURY STORE　LIQUORS·WINES·GROCERIES（世纪酒铺　烈酒·果酒·杂货）。照片 B 中，白纸上文字的汉语译文是：9 折！任何酒购 4 瓶！节日快乐！

　　　　　　C　　　　　　　　　　　D

照片 C 是该酒铺门旁玻璃上的告示牌，汉语译文是：来自以色列的高档酒，在此销售。有犹太洁食认证。照片 D 是该酒铺的营业时间。

Kosher 犹太洁食认证。

Kosher 源自希伯来文，意思是 fitting, clean, pure 等含义。有人把 Kosher 说成是英文的首字母缩写：Keep Our Souls Healthy Eat Right.（为了保持我们灵魂健康，饮食要得当。）虽牵强附会，倒也形象。

2.2.15　Pure Water 纯净水

A　　　　　　　　　　　　　　B

照片 A 是一家卖纯净水的商店。照片 B 是纯净水商店内的各种水桶和设施。

2.2.16　Ice Cream 冰淇淋

A　　　　　　　　　　　　　　B

照片 A 是路旁挂起的标识牌，上面的文字 SOFT SERVE 不是"软服务"的意思。SOFT SERVE 是软冰淇淋，是相对于冰冻的 hard 冰淇淋而言的。STOP IN TODAY!（今天路过，进来看看！）soft serve（软冰淇淋）的出现还有个故事。1934 年，Tom Carvel 拉了一车硬冰淇淋去纽约卖，结果半路上轮胎瘪气，时间一久，硬冰淇淋变软，只好就地甩卖，结果比硬冰淇淋还受欢迎。于是，1936 年起，Tom 做起了软冰淇淋生意。soft service 食品从此诞生。

stop in 是词组，意思是半路停一停。类似的还有 stop by。

照片 B 中，店面招牌是：COLD STONE CREAMERY（冷石乳品店）。COLD STONE 是很有名的乳品店，以卖软冰淇淋为主，还经营 cake（蛋糕）、yogurt（酸奶）、drinks（饮料）等。

2.3　Clothing 衣物

2.3.1　Shoe Repair & Alterations 修鞋和缝补

A　　　　　　　　　　　　　　B

照片 A 中的店名是：MIDTOWN SHOE REPAIR（MIDTOWN 修鞋）。照片 B 中的店名是：SHOE REPAIR & ALTERATIONS（修鞋和缝补）。

alteration 词典上的解释是"变化，变更"。权威的英英、英汉词典释义都没有"缝补"的词条。而生活中的语言是如此鲜明、准确。从生活中学习语言胜过死背单词。

2.3.2　Carhartt Force 结实的工装

Carhartt 是生产销售工装的公司，Carhartt Force 是其子公司。结实的工装类似于中国的劳保衣物。

第二部分　超市　店铺

　　　　　　　　A　　　　　　　　　　　　　B

　　照片 A 中的文字自上而下是：PROUD TO CARRY　carhartt FORCE　FREE IGLOO COOLER　WHEN YOU SPEND $ 50 ON CARHARTT FORCE　PROMOTION ENDS APRIL 20, 2014（自豪地带走。结实的工装。购买工装50美元以上，赠送 igloo 保温杯一个。促销截至2014年4月20日。）照片 B 就是一个 igloo 保温杯，商标下面的小字是：INDUSTRIAL 3-GAL. DRINKING WATER（工友用。3 加仑饮用水。）

　　　　　　　　C　　　　　　　　　　　　　D

　　照片 C 中的文字自上而下是：carhartt FORCE　WEAR THE SHIRT　NOT THE SWEAT AND DIRT　FREE IGLOO COOLER WHEN YOU BUY 2 CARHARTT FORCE SHIRTS.　HURRY, FINAL DAYS. GET YOURS NOW. APPROXIMATE RETAIL VALUE $ 25.00　USE PROMO CODE: FORCE（结实的工装。穿上这件衬衫，汗水脏臭不见。买两件工装衫，赠 igloo 保温饭盒一个。速购。只剩最后几天。现在就买。零售价约25美元。使用促销密码：FORCE。）照片 D 是张贴画，上面有 carhartt FORCE 商标。

157

2.3.3　Mattress 床垫

A　　　　　　　　　　　　B

照片 A：SLEEP TRAIN　MATTRESS CENTER（卧铺床垫中心）。照片 B：HOT BUY!（热卖中！）

Sleep Train Mattress Center（卧铺床垫中心）于 1985 年由 Dale Carlsen 创立，目前是美国最大的床垫生产厂商之一，主要经营地区是美国西海岸。席梦思床垫的鼻祖是 Zalmon Simmons（扎尔门·席梦思）。他从 1870 年开始，逐渐打造出了以自己的姓 Simmons（席梦思）为品牌的床垫。市场上，真正的席梦思床垫是有其特有标志的。

2.3.4　Cleaners 洗衣店

A　　　　　　　　　　　　B

照片 A：PURE CLEANERS（洁净洗衣店）。店面玻璃上有一幅画，见照片

B，上面的文字是 Alterations & Repairs（缝补和修裁）。

A　　　　　　　　　　　　　　B

照片 A：CLEANERS（洗衣店）。店面中间玻璃上的文字见照片 B：Regular Laundered　Shirts Dry Clean　Same Day Services　All Items Prepaid　HANGER RECYCLE（规范洗熨　衬衣干洗　当日取活　先交费　回收衣架）。Cleaners 干洗，或者 dry cleaning。laundry 水洗。

A　　　　　　　　　　　　　　B

照片 A 是一家洗衣店，店名是 1HR. CLEANER（1 小时洗衣店）。店门左侧紧挨门框有一告示，见照片 B（汉语译文）：1 小时洗衣店。营业时间：周一至周五，早 7 至晚 6。周六早 9 至晚 5。电话：493·8690。

门两侧靠近地面近似对称的地方各有一个告示，见如下照片 C、D。

想去美国？先看懂这些照片

　　　　　　C

　　　　　　D

照片C：本店专用停车位。照片D：洗衣店，洗净叠好，当日取活。
该店的门左边中间上下有两个告示，如下E、F所示：

　　　　　　E

　　　　　　F

照片E：当日取活。照片F：所有洗涤工作均在此处完成。

2.4　Treatment 治疗

2.4.1　Pharmacy & Shots 药店、打针

　　　　　　A

　　　　　　B

第二部分　超市　店铺

照片 A 是路旁的一个告示牌。上面的红字是英文，是一家药店的名字；黄字是西班牙语，是一家餐馆的店名。这个牌子告诉你，附近有一个药店，还有一个餐馆。Walgreens PHARMACY 沃尔格林药店。Walgreens 是美国，也是全世界最大的药品零售商。1901 年，Charles R. Walgreen, Sr. 在芝加哥开办第一家家庭私人药店，至今已 100 多年历史。今天，Walgreens 在全世界有数千家分店。卖药是药店主业，此外还有各种诊治、医疗服务。在医药费高昂的美国，Walgreens 给民众提供了一个更实惠的地方。

　　　　　　A　　　　　　　　　　　　　　　B

照片 A 中，店面的招牌是 DENTIST（牙医）。照片 B 中，店面的招牌是 OPTOMETRIST（验光师）。

2.4.2　Pet Service 宠物服务

　　　　　　A　　　　　　　　　　　　　　　B

照片 A：Veterinary EMERGENCY clinic（兽医急诊所）。照片 B 是给宠物修剪毛发、洗浴的店铺，门玻璃上的白色文字是 Critter Clipper Dog And Cat Spa（宠物

161

修剪，狗猫水疗）。

　　　　　　A　　　　　　　　　　　　　B

照片 A：pet food express（宠物食粮快递）。照片 B：Are You Feeding Me Contaminated Food?（你会喂我污染食物吗?）

2.5　Fitness & Training 健身　训练

2.5.1　Fitness 健身

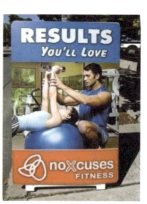

　　　　　　A　　　　　　　　　　　　　B

照片 A：MY GYM（我的健身房）。这是一个办各种健身训练班的公司。照片 B 中的文字是：RESULT You'll Love　noXcuses FITNESS（练完了，你会爱上别找借口，健身练起来。）noXcuses 既是这家健身俱乐部的名字，也有实际含义。noXcuses 的写法会让人联想到 no excuses（别找借口）。下面是这个俱乐部门前的两个告示牌。

第二部分　超市　店铺

　　　　　　　　C　　　　　　　　　　　　　　D

　　照片 C：Healthy & Delicious　noXcuses FITNESS（健康加美食　别找借口，健身练起来。）该俱乐部除了健身，还提供食品。

　　照片 D 中文字的汉语译文是：NOXCUSES 健身俱乐部。此处不是星巴克的停车位，由本俱乐部顾客专用，其他车辆全部拖走。该俱乐部旁边就是一个星巴克咖啡店，星巴克的顾客常占用俱乐部的车位，因此才有了这块告示牌。

　　　　　　　　A　　　　　　　　　　　　　　B

　　照片 A 是一个教武术的会馆，店名是：MARTIAL ARTS（武术）。照片 B 是路边一个告示牌，上面的文字是汉语拼音：少林功夫　太极拳　气功。

163

想去美国？先看懂这些照片

2.5.2　Training 培训

　　　　　　A　　　　　　　　　　　B

照片 A 是一个类似培训班的招生店面，店名是：Huntington LEARNING CENTER（Huntington 学习中心）。店面的玻璃上有 3 个告示，门口右边的一个见照片 B，文字的汉语译文是：Huntington 意味着：您的孩子能学会，所有年龄都能学会。电话：1 800 CAN LEARN。

字母电话怎么打

　　电话 1 800 CAN LEARN 怎么打呢？1 是美国、加拿大区号，800 是免费电话。CAN LEARN 是英语字母。怎么打？很简单，看一下你的手机键盘上的数字，2 至 9 每个数字分别代替几个字母，如：2 代表 ABC 三个字母，3 代表 DEF 三个字母。用手按代表字母的数字，就把英语字母变成数字了。电话就打出去了。

　　键盘上的数字和分别代替的字母如下所示：

　　2. ABC　　 3. DEF　　 4. GHI　　 5. JKL　　 6. MNO　　 7. PQRS
8. TUV　　 9. WXYZ

　　因此，1 800 CAN LEARN 按键后，就是：1 800 226 53276。

　　电话号码中有英语字母，这种设计在说英语的国家里更容易记忆，因而使用更方便。而在不说英语的国家里，不但不方便，还会让人弄得一头雾水。不过，知道了这点儿小常识，雾水就变成淋浴了。

门口左边的两个告示如下：

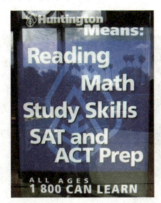

C   D

照片 C：Huntington 意味着：提高阅读、数学能力。准备 SAT、ACT 考试。所有年龄都能学会。电话：1 800 CAN LEARN。SAT 和 ACT 都是美国的高考，自行选择。

SAT = Scholastic Assessment Test（学术水平测验考试）

ACT = American College Testing（美国大学入学考试）

照片 D 中文字的汉语译文是：现在就报名！电话：(650) 812 – 0573。

2.6　Hair & Beauty　理发　美容

2.6.1　Hair Cut 理发

A   B

165

照片A：理发。电话：(650) 493 – 8500）。照片B：城市风格理发店。科罗拉多大街719号。营业时间：周一至周六，早10点至晚7点。不用预约。请进。

A　　　　　　　　　　　B

照片A：男15美元，女25美元。梦幻美发美甲发廊，染发45美元，修指甲、修脚30美元。全活梳理23美元，眼睫毛延长100美元，眉蜡14美元以上。电话：650 – 949 – 1862。告示牌中的Extentions拼写错了，应是extensions。

照片B中，告示牌上的文字，自上而下的汉语译文是：冬季9折。梦幻美容发廊（罗斯廉价商店隔壁），理发，男15美元，女25美元及以上，修脚20美元及以上，眉蜡14美元，脸部保养50美元，眉毛延长100美元。电话：650 – 949 – 1862。

A　　　　　　　　　　　B

照片A是一个理发工作室的门面，红色的招牌上的店名是Midtown HAIR STUDIO（市中心发型工作室）。门前的白色告示牌上文字的汉语译文是：永久着色染发，无氨。免费咨询。

照片 B 是这家理发室摆在马路边上的告示牌，上面文字的汉语译文是：市中心理发室。电话：650－462－9856。理发，男 15 美元及以上，儿童 13 美元及以上，女性 25 美元及以上。

2.6.2　Hair Salon 发廊

　　　　　　A　　　　　　　　　　　　　　　B

照片 A 是一家发廊，店名是 Lovely HAIR SALON（可爱发廊）。店名下面的红字是 HAIR　NAILS（美发　美甲）。门上的 3535 是门牌号。门牌号下面的文字是：HAIR CUT　Walk-Ins Welcome（理发　无需预约　请进）。照片 B 中发廊的店名是 Miley Hair Salon（米莉发廊）。

2.6.3　Beauty & Nails 美容　美甲

　　　　　　A　　　　　　　　　　　　　　　B

照片 A 是一个店铺的门面，上面的红色店名是 CENTRAL NAILS（中心美

167

甲）。门左边的墙上有 4 个标识牌，上面的两个箭头指向左方，文字分别是：JADE PALACE（玉石宫）、CUT. COLOR. STYLE. PRO. SALON（理发　染发　做发型　专业发廊）。下面的两个标识牌上没有箭头，指的就是这家店铺了，文字是 CENTRAL NAILS　TAILOR ALTERATIONS（中心美甲　裁缝　缝补）。这家店铺除了美甲，还做裁缝和缝补的生意。

照片 B 中的文字，自上而下的汉语译文是：为您美甲。凝胶美甲 14.99 美元，修脚 14.99 美元，发蜡 8 折。电话：650 917 8889。此处的 4 = for。谐音用法。

2.6.4　SPA & Foot SPA　水疗　足浴

A　　　　　　　　　　　　　　　B

照片 A：IMMERSION　SPA·SAUNA（洗浴　水疗·桑拿）。照片 B 是这家洗浴店在门前的马路旁打出的告示牌，上面的文字和店面同。

A　　　　　　　　　　　　　　　B

168

照片 A：HAPPY FEET FOOT SPA（脚舒服 足水疗）。照片 B 中的文字是：NAILS / SPA WAXING 327－2580 OPEN 7 DAYS A WEEK WALK-INS-WELCOME（修指甲/水疗 发蜡 电话：327－2580 每周 7 天营业，无需预约，请进）。

词汇学习

SPA（水疗）的名称源于比利时东部的一个小镇的名字 Spa。这个镇名源于当地瓦龙族的瓦龙语 *espa*，意思是 spring（温泉）。那里自古就有温泉水疗。后来传到英国。近年，为了商业传播，有人牵强附会，把 SPA 说成是拉丁文 Salus Per Aquam（health in water）的首字母缩写，也可以。对于民众来说，health in water 更形象易懂。

2.6.5　CosmoPro 化妆品展销

这是一个化妆品商店玻璃门上的告示，汉语译文是：CosmoProp（商标）要求执照。请注意，我们只对有执照的发型师、发廊店主、学生、指甲修剪师、美学家、按摩理疗师、理发师服务。商店营业时间：略。

CosmoProp^tm 中的 tm = trade mark（商标）。

CosmoProp 是国际化妆品展销大会的商标。CosmoProp 展销会每年在意大利城市 Bologna（博洛尼亚）举行，有 70 个国家的 2,300 多家参展商，几十万人参观。这家商店的服务对象是有执照的多种人员，意即为他们订购 CosmoProp 商品或代理他们在大会上推出自己的展品。

　　　　　　　A　　　　　　　　　　　B

照片 A 是 CosmoProf 店前的张贴画，上面的文字是：EXCLUSIVELY FOR BEAUTY PROFESSIONALS（美丽特品　专业护理）。照片 B 中的文字是 CosmoProf（化妆品展销）。

2.7　Grocery 杂货店

2.7.1　Country Sun 乡下阳光

　　　　　　　A　　　　　　　　　　　B

照片 A 是一家杂货店门外的招牌，上面有文字和 3 个图案。文字的汉语译文是：活得好·健康生活　纯天然绿色杂货店　维生素　护肤　新鲜水果蔬菜酒类·礼品等。PRODUCE 是名词，意思是新鲜水果蔬菜（fresh fruits and vegetables）。

照片 A 中右上方的图案见照片 B。汉语译文：免费下载我们的购物优惠软件到苹果或安卓手机。从此，你在所有 Country Sun 商店购物结账时，你拿出手机，收银员扫描一下你的密码，就可以打折收费。MOBILE APP = MOBILE APPLICATION = application of download to mobile phones，此处指往手机里下载软件。

照片 A 中左下方和右下方的两个图案如下 C、D。

C　　　　　　　　　　　　D

照片 C 是该杂货店的商标，上面文字的汉语译文是：乡下阳光，您本地的纯天然食品店。照片 D 上文字的汉语译文是：网址：略。店内免费无线上网！free wireless = free wireless internet = wifi。

2.7.2　7 Eleven 早 7 晚 11 便利店

A　　　　　　　　　　　　B

从照片 A 中可以看到有个黄色的商店，墙上有个红色的 7。照片 B 中可看到墙上店铺大大的招牌——数字 7 中有绿色单词 ELEVEN。招牌的汉语意思早 7 晚 11 便利店（也叫 7—11 便利店）。

7—11 便利店起源于 1927 年，开始是给附近居民提供牛奶、面包、鸡蛋等食品，名字也不叫 7 ELEVEN。1946 年，生意逐渐做大，取名 7 ELEVEN，意思是每天营业时间从早晨 7 点至晚上 11 点，每周 7 天。1991 年，日本人收购了该公司 70% 的股份。不过，7 ELEVEN 便利连锁店的总部依然在其发源地，美国的德克萨斯州的达拉斯。7 ELEVEN 店名说的是营业时间早 7 晚 11，但是它的绝大多数连锁店都实行 24 小时营业了。比如，北京、广州都有 24 小时营业的 7—11 便利店。

2.8　Watch Repair 修表

A　　　　　　　　　　　B

照片 A 中的文字是：WATCH GALLERY　WATCH REPAIR（钟表展廊　修表）。这种店铺里通常会有收集的各种钟表供参观，主业还是修表。照片 B 也是一个修表店的门面，店名是：TOTAL WATCH REPAIR（TOTAL 修表店）。有意思的是，TOTAL 中的字母 O 设计成了一个钟表模型。

2.9　Eyes Optometry 验光配镜

A　　　　　　　　　　　　　B

照片 A 是一个验光配镜店门旁的牌子，上面的文字是 UBER EYES OPTOMETRY（UBER 验光配镜）。照片 B 是这个眼镜店的促销牌子，上面的文字是：FRAME SALE　UP TO 50% OFF ON SELECTED FRAMES　UBER EYES（眼镜框甩卖，精选框架可达 5 折。）

C

照片 C 是该店的一位工作人员，她叫 Sharon Lumetta。这张照片是她帮我修完眼镜后照的。我的眼镜腿儿上的一个固定螺丝掉了，请她给配一个小螺丝。她翻遍了许多抽屉，用了半小时也没有找到合适的。最后她把一个较长的螺丝用工具切断，反复打磨测试，终于配得合适了。正在她准备拧上时，小螺丝不经意掉在了地上。她用镊子捡起来，用酒精消毒后才拧上去。拧好之后，又用酒精把整个眼镜框消毒，用吹风机吹干，递到我手里。整个过程近一个小时。我想，除了付钱，还要给人家一点儿小费，才能让我释怀谢意。我问她多少钱时，她竟然说：No charge at all.（不要钱。）我愕然一怔，坚持付。她解释说，他们收费有规则，这种服务不收钱。

2.10　Stamps & Coins 集邮收藏

　　　　A　　　　　　　　　　　　B

　　照片 A 是一个店铺的门面，店名是 STAMPS COINS（集邮收藏）。这个店里有各种纪念邮票和硬币。照片 B 也是一个集邮收藏的店铺，门面上方的文字是：AMERICAN COIN & STAMP BROKERAGE, INC　COINS & STAMPS COLLECTIBLES（美国集邮收藏代理有限公司　集邮收藏　各种收藏品）。店名下面的文字见如下照片 C、D 所示。

C

D

照片 C 中的文字是：WE BUY GOLD（我们收购黄金。）照片 D 中的文字是：WE BUY GOLD/SILVER　PLATINUM & COINS　GOLD BULLION（我们收购金/银、白金和金币、金条。）

2.11　Copy & Print 复印和印刷

A　　　　　　　　　　　　B

照片 A 是一家复印和印刷的店面。店名和网址合二为一了：COPY FACTORY . COM（复印和印刷厂）。照片 B 是该厂印制的印刷品。这家印刷厂在斯坦福大学南面 2 英里处。斯坦福大学的师生是他们的常客，于是对斯坦福大学的师生收费优惠价 10% Off（9 折）。

2.12 Plants 花草

A　　　　　　　　　　　　　　　B

照片 A 中可以看到路旁有一告示牌，上面的白色文字是：Orchard SUPPLY HARDWARE（园林硬件供应商。）这是一个销售电子硬件的公司，名字中冠以 Orchard，有其历史原因。1931 年，30 个农民各出资 30 美元办起了一个 Orchard Supply Farmers Co-op（果园农民合作社），出售水果、花草、果树苗等。20 世纪 50 年代，电子工业兴起，Orchard Supply Farmers Co-op 转型并改为现在的名字 Orchard Supply Hardware（园林硬件供应商）。

照片 B 是这家供应商的一个店面。店名下面悬挂着一个醒目的告示牌，上面的文字是：YARD SALE PATIO PARTY（庭院甩卖 后花园聚会。）怎么回事呢？原来，2013 年，Orchard SUPPLY HARDWARE 被 Lowe's 公司收购，有可能成为其子公司。目前或许是过渡阶段，在大批处理物品，于是把整个商店搞成了一个 yard sale 市场。在这个店面的左前方就是一大片 yard sale 物品，其中很多是 PATIO PARTY（后花园聚会）用品，如烧烤器具、桌椅等。

patio 具体指什么呢？一幢房子后面有个花园，那叫 garden（后花园）。garden 里面用瓷砖、水泥等筑起的空地叫 patio。patio party 就是指在后花园的那块空地上的聚会、聚餐等活动。

在红色大幅告示下的商店门前依然有花草、果木类的物品在卖，如家庭养殖的各种花卉、种子等。见如下照片 C、D。

第二部分　超市　店铺

C　　　　　　　　　　　　　　D

照片 C 中可以看到有花草、树木、种子、肥料等。照片的右边有一个告示牌，上部的大字是 PLANT of THE MONTH　Citrus（本月植物　柑橘）。意思是适于本月种植的植物，是向顾客推荐买回种植。这个告示牌上的小字是介绍柑橘种植等情况，见照片 D（汉语译文）：

● 开芳香的花，当年可食的时令水果——是从柠檬、酸橙、橘子等品种中精选的

● 能长出形状好看、光亮深绿的叶子，保持全年

● 可以在花盆里种植成功

● 阳光充足、按时浇水，即可枝繁叶茂

编号：5 2322790……售价 24.99 元，节省 5 元，原价 29.99 元。

A　　　　　　　　　　　　　　B

照片 A 中，右边门底部的文字是：CAUTION: AUTOMATIC SLIDING DOOR DOOR MAY CLOSE WITHOUT WARNING（注意：自动门，门会关闭，没

177

有警告。）往上是一个结实的工装广告，再往上是 ENTER（请进），再往上是一个较大的告示，见照片 B：We'll pot your plant for FREE WITH THE PURCHASE OF ANY POT & PLANT　See sales associate for details（买了植物和花盆的，我们免费帮您把植物栽在花盆里。详情询问导购员。）sales associate 导购员，售货员，销售代表。

　　　　　　A　　　　　　　　　　　　　　　　B

　　照片 A 是一个卖花草植物的店铺，店名是 FRESH MARKET（新鲜市场）。店名下面有个告示牌，见照片 B，上面文字的汉语译文是：我们有省水植物，适于这个干燥的夏季！存放在我们花园中心。

2.13　Furniture 家具

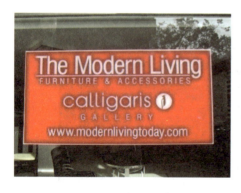
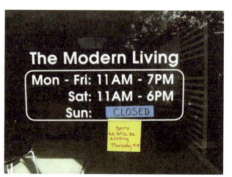

　　　　　　A　　　　　　　　　　　　　　　　B

　　照片 A 是一家家具店的告示牌，上面文字的汉语译文是：现代生活　家具及配件　calligaris 家具展廊　网址：略。The Modern Living 是店名。calligaris 是意大利名牌家具。照片 B 是该家具店门面玻璃上的告示，文字的汉语译文是：现代生活家具店，周一至周五，早 11 点至晚 7 点，周六 早 11 点至晚 6 点。星期天关门。对不起，我们周四，即 5 月 8 日关门。

　　　　　　　A　　　　　　　　　　　　　B

　　照片 A 是一个家具店。红色门面上的文字是：Cascade Furniture　Quality Furniture　You Can Afford（Cascade 家具店　质量好　买得起）。照片 B 中，店面及其前面横幅上的文字是：CASUAL LIVING　Patio·Billiards·Furniture　SUMMER CLEARANCE SALE（休闲生活店　花园·台球·家具　夏季清仓甩卖）。

2.14　Smokes 香烟

　　　　　　　A　　　　　　　　　　　　　B

　　照片 A 是一家卖香烟的店铺，店名是 SMOKES & MORE（香烟杂货店）。店面的玻璃上有一个告示，见照片 B，文字的汉语译文是：电子香烟和电子烟油，电子烟袋·电子烟笔，烟袋·配件。E = Electronic（电子的）。什么是电子香烟？就是吞云吐雾的是蒸汽，不是烟草的燃烧。具体见如下照片 C、D、E、F、G、H。

想去美国？先看懂这些照片

C   D

照片 C 就是一支电子香烟，烟尾冒的是蒸汽。VIP E-Cig = Very Important Person E-Cigarette（贵人电子香烟）。照片 D 是一瓶电子烟油，上面有 E-JUICE 字样。

E   F

照片 E 中的文字是：LIQUID E JUICE   PREMIER E-LIQUID FOR E-SMOKING DEVICES（电子油 电子吸烟装置高级电子油）。因此，电子油可以有两种叫法：E-Juice 和 E-Liquid。照片 F 是一个电子烟袋，有两个吸头，即两个人可以共用，同时吸。

G　　　　　　　　　　　H

照片 G 是现代女孩抽的电子烟笔。她的上衣上有 House Of Vape（电子烟笔之家）。照片 H 是古代波斯女子抽的烟袋。

2.15　Travel and Tour 旅行社

 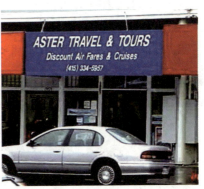

A　　　　　　　　　　　B

照片 A 是一个旅行社的门面，上面的文字是东南旅行社（SOUTHEAST TRAVEL 650–856–8826）。可能是台湾人开办的。照片 B 中的文字是：ASTER TRAVEL & TOURS　DISCOUNT AIR FARES & CRUISES（ASTER 旅行社　机票、船票打折）。

想去美国？先看懂这些照片

2.16　Gas 加油站

　　　　　　　A　　　　　　　　　　　　　　　B

　　照片 A 是一个名叫 Chevron（雪佛龙）的加油站。雪佛龙是一家很大的石油公司。一些大的石油公司往往在各处设立本公司的加油站。照片 B 中的文字是：Chevron　Turn Off Engine　No Smoking　With TECHRON（雪佛龙　关闭发动机　禁止吸烟　有 TECHRON 添加剂）。左上角的图案是雪佛龙公司的商标。

　　Chevron（雪佛龙）是世界最大的石油公司之一，总部在加州的 San Ramon，从事石油、天然气、地热等能源的开发，被美国《财富》杂志评为 2014 年美国 500 强企业的第三名。TECHRON 是雪佛龙公司 1995 年开发的一种汽油添加剂，能使燃料更充分燃烧、更清洁。TECHRON 是这种添加剂的商标。

　　　　　　　A　　　　　　　　　　　　　　　B

　　照片 A 中，可以看到加油泵旁边一个垃圾箱。箱顶部有一幅卡通画，详见照片 B。图画中，一位女士正在给她的汽车加油。汽车的大灯变成了两只大眼睛。输油管子上挂上了一颗颗心。图画中的文字是：I heart my car. Low quality gasoline can leave crud on vital engine parts. So always fill up with Chevron with TECHRON to minimize deposits and protect performance. www.chevronwithtechron.com（我爱我的车。质量低的汽油会在发动机的关键部位留下脏污。而往油箱里加雪佛龙带 TECHRON 添加剂的汽油，能减少汽缸里的沉积物，保护发动机的性能。）

heart 通常是名词。但是，在幽默或非正式场合也可以用作动词，相当于 love。如：

I heart Chicago. 我爱芝加哥。

I totally heart this song. 我太喜欢这首歌了。

A

B

照片 A 中，可以看到加油泵旁边有个垃圾箱。垃圾箱有两个口。左边的口上写着 Towel（手巾纸），右边的口上写着 Waste（垃圾）。你可以从左边口里抽出手巾纸，擦完手后投进右边的口里。垃圾箱上部是告示，详见照片 B。

照片 B 中，左边有一幅卡通画，一辆汽车上装载着一个大纸箱，里面填满了各种商品。箱子上有个 S 商标，下面的文字是 SAFEWAY。SAFEWAY 是一个超市的名字。从超市里买了一大堆东西，开着车到加油站来干啥？看文字：Shop at Safeway　Earn up to 20C/gal in Rewards　Stop with your Safeway Club Card at Safeway and earn gas reward points to use when filling up with Chevron with TECHRON. Redeem your points by swiping your Club Card or entering your phone number at the pump. For program details, go to safeway.com. （在 Safeway 购物，能得到每加仑 20 美分的回赠。拿着 Safeway 会员卡来购物，能得到在雪佛龙加油时的积分。在该加油站刷卡或输入你的电话号码，你的积分就会有回报。这个购物换油项目的细节，请去 safeway.com 网站查看。）

              A   B

照片 A 中可以看到这个加油站大柱子上的告示，内容和文字依然是购物换油的告示。

照片 B 中，黄色告示牌上的文字是：Gas Open　24 hours　Every Day　Use ATM & CC at the Pumps. Food Mart open 6am－11pm　Car Wash open 6am－9∶30pm（加油站营业时间，每天 24 小时。请在加油泵前使用自动取款机和信用卡。食品店：早 6 至晚 11。洗车：早 6 至晚 9∶30。）大的加油站内往往有食品小店和洗车店。CC = credit card。

              A   B

照片 A 是加油站路旁的一个牌子。最上面是雪佛龙石油公司的名字和商标，往下看是 Car Wash，告诉你这个加油站内有个洗车店。再往下的文字是 Gasoline Self Service（自助加油）。再往下是当日油价：Regular 429 $\frac{9}{10}$　Plus 445 $\frac{9}{10}$　Supreme 459 $\frac{9}{10}$（普通 4.29 美元又 $\frac{9}{10}$ 美分/加仑，优质 4.45 美元又 $\frac{9}{10}$ 美分/加仑，高级 4.59 美元又 $\frac{9}{10}$ 美分/加仑。）

照片 B 中，可以看到加油站里面有个洗车店。洗车店和小食品店合在一起了。

2.17　Car Wash 洗车

A　　　　　　　　　　　　B

照片 A 是一个洗车店挂出的标语，上面的文字是 NEW CAR WASH（新洗车店）。标语右下方是辆卡通汽车，挡风玻璃上写着 WASH ME（洗洗我）。照片 B 是路旁的一个指示牌，上面的文字是 Car Wash（洗车）。

A　　　　　　　　　　　　B

照片 A 是一个洗车店，店名 Car Wash。照片 B 是这个洗车店的洗车场，一辆汽车正进场，准备洗车。照片 A 中，店名下面有两个告示牌。这两个牌子不仅这里墙上有，还贴挂在了旁边加油站的大柱子上，见如下照片 C、D。

想去美国？先看懂这些照片

      C   D

  照片 C 中的文字，自上而下（汉语译文）：优惠免费，原价 36 美元，优惠价 27 美元。洗车俱乐部。买 3 次优洗车卡，可免费洗车 1 次。使用简单，每次密码不变。原来，惊爆的 FREE Wash 是买 3 免 1。

  照片 D 中的文字如下：

CAR WASH		
Best value		
The WORKS	Deluxe	Express
●Pressurized Pre-Wash	●Pressurized Pre-Wash	●Soft Gloss Wash
●Rainbow FoamBath "Featuring Color Wave"	●Foam Bath	●Rinse
●Soft Gloss Wash	●Soft Gloss Wash	●No Dry
●Under car wash	●Clear Coat Sealer	
●Clear Coat Sealer	●Rinse	
●Rinse	●Blow Dry	
●Blow Dry		
$ 11	$ 9	$ 7

186

汉语译文：

洗车		
最值		
全活	优洗	快洗
● 加压预洗	● 加压预洗	● 柔和光泽浴
● 彩虹泡沫浴"彩色波"	● 泡沫浴	● 漂净
● 柔和光泽浴	● 柔和光泽浴	● 无吹干
● 车底浴	● 清洗密封保护	
● 清洗密封保护	● 漂净	
● 漂净	● 吹干	
● 吹干		
11 美元	9 美元	7 美元

2.18　Car Sale 售车

A

　　照片 A 是日本的一家汽车销售商店，专卖 TOYOTA（丰田）汽车。照片 B 是待售的汽车，挡风玻璃上有 SALE 字样。

A　　　　　　　　　　　　　　　　　B

照片 A 门面中间的文字是：Palo Alto　GERMAN CAR CORP　VOLVO SERVICE（帕洛阿尔托市　德国汽车公司　维修沃尔沃汽车）。VOLVO 是瑞典的多国联合汽车制造商，主要生产大货车、公交车。照片 B 黄色告示牌上的文字是：German Car Shop　MERCEDES BENS & BMW　SALES & SERVICE（德国汽车商店　奔驰和宝马　销售和维修）。

2.19　Car Test 验车

这是一个汽车检测和修理的店铺。主要检测汽车尾气排放是否超标，避免空气污染。这是加州空气资源理事会（California Air Resources Board）、车辆修理局（California Bureau of Automotive Repair）和机动车辆管理局（California Department of Motor Vehicles）联合推出的一个项目。

机动车辆每 2 年检查一次，合格通过；不合格赶紧修理，修理完了再检测，直到通过了才发给合格证。哪些车辆需要检测，哪些不需要检测，有细则。不过，越来越严。从2015年4月份开始，所有hybrid vehicles（混动车——油电动力车）也纳入了检测范围。

店面的正面和侧面的告示文字分别见如下照片A、B。

A

B

照片A中，告示牌中间的文字是：SMOG CHECK　Pass or Retest FREE（烟雾检测。通过或再次检测免费。）告示牌左右两侧的文字一样：State of California　LICENSED SMOG CHECK　INSPECTION REPAIR STATION（加利福尼亚州烟雾检测有执照。检测修理站。）

Pass or Retest FREE（通过或再次检测免费），什么意思？这种检测要收费，各个检测站收费不一，但基本上每次30～90美元。有的检测站只检测，然后收费，不修理。有的既检测，也修理。这个检测站又是一种经营方式：检测没问题，通过了，不收费。检测有问题，给你修理，修理好了再检测免费。当然，你要付修理费。

照片B中的文字是Scheduled Maintenance（定期检修）。

2.20 Auto Repair 修车

　　　　　A　　　　　　　　　　　　　　B

照片 A 是一个汽车修理店，店面的文字是 TIRE INSTALLATION（安装轮胎）。照片 B 中，店面的文字是 Tires　Parts　Service（轮胎　配件　修车）。

　　　　　A　　　　　　　　　　　　　　B

照片 A 中的文字是 G&M AUTO REPAIR（G&M 汽车修理店）。照片 B 中的店名是 NOE'S AUTO REPAIR & SMOG CENTER（NOE'S 汽车修理和烟雾检测中心）。烟雾检测是指汽车排放是否超标的检测。

第二部分　超市　店铺

2.21　Bikes 自行车

　　　　　A　　　　　　　　　　　　　B

　　照片 A 是一个卖自行车的店铺，店名是 THE BIKE CONNECTION（自行车联通店）。店前停的就是该店的销售车，车后面的广告都布满了，见照片 B。上面文字的汉语译文：别让任何事情改变你的健身目标。derailleur 自行车变速器，此处引申为动词，意为"改变"。下面车尾上的文字，左边是：WHY NOT GO FOR A RIDE.（为什么不骑车出去转转？）右边的圆形像个备胎，上面的文字就是这个自行车店的店名。

　　　　　A　　　　　　　　　　　　　B

　　照片 A 是一家自行车店的招牌，上面的文字是：CVBS Cardinal Vintage Bike Shop　NEW & VINTAGE BIKES（新老自行车商店）。CVBS = Cardinal Vintage Bike Shop。这个店里的自行车老式的比新的贵。照片 B 是该店摆在门外的老式自行车。

191

vintage 的意思是老而值钱的、有价值的、有吸引力的。如：

vintage car 老爷车

vintage bike 老式自行车

vintage wine 陈年的酒

2.22　Bank & ATM 银行　自动取款机

　　　　　　A　　　　　　　　　　　　　　　　B

　　照片 A 是汇丰银行的一个门面，上面的招牌是 HSBC（汇丰银行）。HSBC 是 Hongkong and Shanghai Banking Corporation 的首字母缩写。汇丰银行 1866 年在香港建立，现在的总部在英国伦敦，是全球大银行之一。照片 B 是这家银行门旁的警告告示，汉语译文：警告，这个区域有摄像头、警报器和其他安全设施。汇丰银行。

　　　　　　A　　　　　　　　　　　　　　　　B

第二部分 超市 店铺

　　照片 A 中，可以看到在一家眼镜店门前有一个自动取款机。取款机上面的招牌是 Bank of America（美国银行）。美国银行是美国最大的银行，有 200 多年的历史。照片 B 上文字的汉语译文是"里面有自动取款机"。ATM = Automatic Teller Machine 自动取款机。

想去美国？先看懂这些照片

3 Farmers Market 农贸市场

　　farmers market（农贸市场）就是农民们把自己生产的农产品直接拿到集市上出售，各自打出自己农场的牌子。这些产品比超市的更新鲜些，因此也稍贵一点儿。

　　farmers market（农贸市场），也可写成 farmers' market。

3.1　Entrance & Notice　入口　告示

　　这是一个农贸市场的入口处。其实并没有出入口，这是一段街道，每个星期日有个早市。中午之前，人们自动散去。令人赞赏的是，早市结束，整个地面片屑不留！从照片上可以看到，入口处有一个垃圾桶，桶两边有两个垃圾袋，悬挂在支架上。支架上的文字见照片 A。

194

第二部分 超市 店铺

A   B

照片 A 中，悬挂垃圾袋的两个支架上的文字分别是 PLASTIC BOTTLES ALUMINUM CANS（塑料瓶　铝罐头盒）。COMPOSTABLES（可化解为有机肥料）。照片 B 中，有几个女孩子在聊天，可能是斯坦福大学的学生跑步锻炼完了，到这儿来逛逛。其中一个女孩的背心上印满了红字，内容是本年内几月几日斯坦福大学的体育赛事。

A   B

照片 A 牌子上方的大字是：PLEASE NO PETS & NO SMOKING（谢绝带宠物进入。不要吸烟。）下方的小字见照片 B：Sorry, no animals or smoking in the Market in accordance with the State Health Code Laws. Thank you for your cooperation. Sundays · 9：00 am - 1：00 pm · 510-745-7100 PALO ALTO'S CALIFORNIA AVENUE Farmers' Market URBAN VILLAGE FARMERS' MARKET ASSOCIATION（抱歉，根据州健康法规，本市场内禁止动物和吸烟。谢谢合作。星期日上午 9 点至下午 1 点。电话：510 745 7100 帕洛阿尔托市，加利福尼亚大街农贸市场，城镇农贸市场协会。）

想去美国？先看懂这些照片

　　　　　　A　　　　　　　　　　　　　　B

　　照片 A 中有一个悬挂的牌子。左上方的文字是：California Certified Organic Farmers Certified Grower（加州认证的绿色农民　认证的种植人）。右上方是一个图案，中间是一棵向日葵，向日葵中间有 4 个大写字母 CCOF，代表的是图案周边的 4 个单词：California Certified Organic Farmers（加州认证的绿色农场主）。牌子底部的文字是：Organically grown in accordance with the California Organic Foods Act of 1990（按照 1990 年加州绿色食品法规绿色种植的农产品）。

　　照片 B 的右上方的文字是：HAPPY BOY FARMS　certified organic produce（快乐男孩农场认证的绿色新鲜水果蔬菜）。照片的中间悬挂着一杆秤，称重量。这种秤叫 hanging digit scales（数字吊秤）。

　　　　　　A　　　　　　　　　　　　　　B

　　照片 A 是一个农贸市场在路边打出的招牌。上面的文字是：FRIDAY FARMERS MARKET　AT THE OFJCC（星期五农贸市场　在犹太人社区中心）。OFJCC = Oshman Family Jewish Community Center 奥斯曼家族犹太人社区中心。JCC（犹太人社区中心）在许多城市里都有，是休闲、社交、联谊的场所，非犹太人也可以去。这个中心是一个建筑群，里面有游泳池、室内篮球场馆、多个健身房、咖啡馆、手推车流动图书馆、餐车售饭、农贸市场、地面和地下停车场等。

照片 B 是张贴告示，文字是：FRIDAY FARMERS MARKET AT THE OFJCC　JOIN US EVERY FRIDAY!　　PRODUCE STANDS: 1：00－6：00 PM　FOOD TRUCKS: 11：00－2：00　Presented by the West Coast Farmers Market Association（星期五农贸市场，在犹太人社区中心，欢迎每周五和我们相聚！水果蔬菜摊位：下午1点至6点。餐车售饭：中午11点至2点。西海岸农贸市场协会提供。）

3.2　Vegetables 蔬菜

　　　　　A　　　　　　　　　　　　B

照片 A 中可以看到顾客和各种蔬菜。照片 B 中的文字是：ORGANICALLY GROWN BY HAPY BOY FARMS　Butternut squash　＄1^{50}/lb（绿色种植　快乐男孩农场　胡桃　南瓜 1.5 美元/磅）。lb = pound 英磅。

词汇学习

英磅是重量单位。1 英磅约等于 454 克，不到中国市制的 1 斤重，9 两多一点儿。

英镑是货币单位。汉字的英磅和英镑是区分开的。但是英语不分，是同一个单词：pound。但是，代号不同。

lb 是重量 pound（磅）的缩写，源自拉丁语 *libra*，意思是 pound。lb 可以大写 LB。

> £ 是钱币 pound（镑）的符号。如同$是美元符号。
>
> 比较：
>
> The baby weighed 8 lbs. at birth. 这个孩子出生时 8 磅重。（不能写成 8 镑重）
>
> Rent for the flat is £600 /a month. 这套房子的月租金是 600 镑。（不能写成 600 磅）
>
> The turnip is £1/lb. 红萝卜 1 磅卖 1 镑。

　　　　　A　　　　　　　　　　　　　B

照片 A 中可以看到顾客在挑选豌豆。但是，零挑和整盒买的价钱有差异，见照片 B。照片 B 中，告示牌上的文字，自上而下是：SUGAR SNAP PEAS FILL A BASKET　Try One $5^{00} Per Basket (About 1&1/4 pound) OR $4^{00} Per Pound* Basket Not Included $1^{00} EA 译文：甜豌豆，往盒子里装吧。来一整盒，一盒 5 美元（约 1 又 1/4 磅），也可以一磅 4 美元，但不算盒钱，1 个盒子 1 美元。等于是整盒买，白送你 1 个盒子。EA = each。

　　　　　A　　　　　　　　　　　　　B

照片A是一个姑娘开心地在卖西兰花。照片B是价格。牌子上的文字是：BROCCOLI 3—$6 2—$5 $3 each（西兰花，3个6美元，2个5美元，1个3美元）。

　　　　　　　　　　A　　　　　　　　　　　　　　B

照片A中的招牌是 Fresh Mushrooms（新鲜蘑菇）。照片B中牌子上的英语文字是：Sun Smiling Valley Farm　FRESH MUSHROOM　FRUIT（太阳微笑谷农场新鲜蘑菇、水果）。牌子上的其他文字似乎是日语。

3.3　Fruits 水果

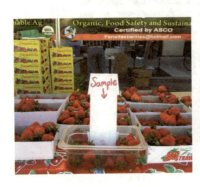

　　　　　　A　　　　　　　　　　　　B

照片A是一个草莓摊位。一个筐子里竖着一个牌子，上面写着Sample（样品）。照片最上面的一道黄色文字左右是断裂的，但是连起来就是：Organic, Food Safety and Sustainable Ag（绿色，食品安全和环保农业）。Ag = Agriculture。黄字下面的白字是 Certified by ASCO（美国临床肿瘤学协会认证）。草莓是最好的抗癌症水果，已得到 ASCO 认证。ASCO = American Society of Clinical Oncology。照片左上角黄字下面有两个圆形图案，上面的文字见照片 B：USDA ORGANIC ASCO（美国农业部绿色食品认证，美国临床肿瘤学协会认证。）

A　　　　　　　　　　　　　　B

照片 A 中，物价牌子上的文字是：ORGANIC　Aztec Fuji　＄3.25/lb（绿色食品　Azhec 富士苹果　每磅 3.25 美元）。Aztec 阿兹特克地区。Fuji 富士。照片 B 中，物价牌子上的文字是：ORGANIC　BROOKS CHERRIES　＄7/pound（绿色食品　小溪樱桃　每磅 7 美元）。

A　　　　　　　　　　　　　　B

照片 A 中可以看到一个大牌子，上面的文字见照片 B。汉语译文：隐星果园，满园飘香，绿色水果和水果制品。地址：略。网址：略。右下角的图案中有一棵向日葵，向日葵中间有 CCOF（加州认证的绿色农场主），上面的边框中有 Certified（认证），下面的边框中有 Organic（绿色）。CCOF = California Certified Organic Farmers。

　　　　　A　　　　　　　　　　　　　B

照片 A 中，物价牌子上的文字是：HIDDEN STAR ORCHARDS　Organic Pink Lady Apples　＄3.25/lb（隐星果园绿色粉红夫人苹果，每磅3.25美元。）照片 B 是 HIDDEN STAR ORCHARDS 的一角。

3.4　Cut Flowers 插花

　　　　　A　　　　　　　　　　　　　B

照片 A 是 THOMAS FARM 摊位的一角。装马兰花的桶上夹着一个牌子，牌子上的文字见照片 B（汉语译文）：托马斯农场，绿色荷兰马兰花。交易价格：7 支 5 美元，20 支 10 美元，50 支 20 美元。

201

想去美国？先看懂这些照片

      A   B

  照片 A 中的女顾客正在挑选向日葵。装向日葵的桶上夹着一个价格牌子。牌子上的文字见照片 B：THOMAS FARM organic　Sunflowers　WE USE REAL SUN ON THESE BABIES!!!　$5.00 per bunch or take 5 bunches for $20!!（托马斯农场绿色向日葵。我们用真正的太阳光抚育的这些娃娃!!! 1 束 5 美元，或者 5 束 20 美元!!）

3.5　Foods 食物

      A   B

  照片 A 中摊位的招牌是：Karin Johnson　Special Cakes & Pastries（卡林·约翰逊特制糕点。）照片 B 是一个卖玉米的摊位。背面墙上的文字是：California Ave Optometry & Contact Lens Clinic（加利福尼亚大街，验光和隐形眼镜诊所）。卖玉米和验光配镜有什么关系？什么关系也没有。卖玉米的在配镜店门口摆摊而已。堵住人家店门，店主干吗？不知道，大概先有农贸市场，后有的沿街店铺。Contact Lens 隐形眼镜。为什么用 contact（接触）？大概是镜片和角膜接触的原因。

A　　　　　　　　　　　　　　　B

　　照片 A 中，挂着绿色招牌的摊位很醒目。招牌上的文字见照片 B：Authentic Food From Southern Mexico　THE OAXACAN KITCHEN　Healthy · Gluten Free · No Lard · Hand Made · Vegan（来自南墨西哥的认证食品　瓦哈卡厨房　健康 · 无面筋 · 无猪油 · 手工 · 素食。）

A　　　　　　　　　　　　　　　B

　　照片 A 中的文字是：PASTURE RAISED EGGS ORGANIC FEED NON GMO（放养鸡的鸡蛋，绿色喂养，非转基因。）GMO 转基因，是 genetically modified organism（转基因生物体）的缩写。照片 B 中文字的汉语译文：纯青草喂养的牛的牛肉。

　　　　　　　　　A　　　　　　　　　　　　　　B

　　照片 A 中的小男孩 12 岁，随家长来这里卖农产品。他家的农场叫 Hidden Star Orchards（隐星果园）。他手里拿的是干鲜水果做的小甜饼，让我尝了一点儿，还真不错。他说做甜饼的水果原料都是他们家农场自产的。他身边是自产的各种果汁。果汁的价格见照片 B（汉语译文）：隐星果园新榨果汁，绿色环保水果。苹果汁、苹果樱桃汁、苹果柠檬汁：1 品脱 3 美元，1 夸脱 5 美元，半加仑 8 美元，1 加仑 15 美元。石榴汁：半品脱 3 美元，1 品脱 5 美元，1 夸脱 10 美元。价格牌右下方的图案是 CCOF（加州认证的绿色农场主）图标。CCOF = California Certified Organic Farmers。

　　　　　　　　　A　　　　　　　　　　　　　　B

　　照片 A 中，价格牌上的文字是：Sweet Corn　3 for $ 2^{00}　or 75C each（甜玉米，2 美元 3 个，75 美分 1 个。）照片 B 是一个卖香肠的摊位，招牌是 DIBROVA SAUSAGE（迪布洛克香肠）。

3.6　Local Musician 当地卖唱艺人

　　　　　　　　A　　　　　　　　　　　　B

　　照片 A 中，可以看到有个卖唱艺人在弹唱。他的左边有个告示牌，见照片 B。牌子上的文字是：THANK YOU… for your support of these fine local musicians. Tips are greatly appreciated!　Sundays 9：00 am - 1：00 pm　PALO ALTO CALIFORNIA AVENUE Farmers' Market　URBAN VILLAGE FARMERS' MARKET ASSOCIATION（谢谢您支持我们这些本地的音乐家。给点儿小费，非常感谢！上午9点至下午1点。帕洛阿尔托市，加利福尼亚大街农贸市场，城镇农贸市场协会。）

词汇学习

tip, fee, fare, fine, bill 有什么区别？

tip 给餐馆或宾馆服务员、街头艺人等的小费。

fee 门票钱、医疗费、学费、律师费等。

fare 车票。

fine 罚款。

bill 账单，如电费、水费、电话费等。

城镇农贸市场协会给卖唱艺人竖立告示牌，而且把他们称为 musicians（音乐家、音乐人），而不是称他们为 buskers, street performers，表现了对艺人的尊重。

想去美国？先看懂这些照片

> 街头卖唱艺人叫 busker，这是个中性词，既无褒义，也无贬义。
>
> 在欧美国家的大城市里，经常会见到这种街头卖艺的人，唱歌的、跳舞的、画人像的、表演魔术的、做行为艺术的……其中，还不时地会看到中国人。这些人统称为 buskers 或 street performers，并无贬义。不过，称之为 musicians（音乐家），artists（画家），magician（魔术师），表示更为尊重。

3.7　Pushcart Library 手推车图书馆

在一个犹太人社区活动中心，有一个农贸市场，市场的一角有一个手推车，上面装满了书籍。

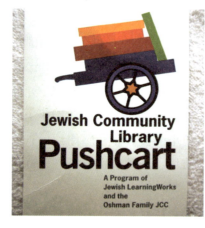

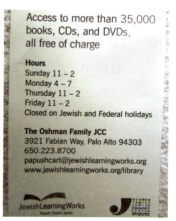

　　　　　A　　　　　　　　　　　　　B

照片 A 中的文字是：Jewish Community Library Pushcart　A Program of Jewish Learning Works and the Oshman Family JCC（犹太人社区手推车图书馆，犹太人图书协会和奥斯曼家族犹太人社区中心联合举办。）照片 B 中文字的汉语译文是：本图书馆有 35,000 册图书、CD 和 DVD 光盘，免费使用。开放时间：星期日上午 11 点至下午 2 点，周一下午 4 点至 7 点，周四上午 11 点至下午 2 点，周五同周四。犹太人和联邦节假日不开放……（联系地址、电话、电邮、网站略）。JCC = Jewish Community Center 犹太人社区中心，在许多城市里都有，是休闲、社交、联谊的场所，非犹太人也可以去。

206

第二部分 超市 店铺

4 Yard Sale 庭院甩卖

在大街上行走，会经常看到路边的树上、电线杆上贴着 Yard Sale（庭院甩卖）的告示。有的居民可能是因为搬家、装修等原因，把自己家不用的东西放在院子里、马路或便道旁甩卖。卖前，会在居住的附近张贴一些告示，写明时间、地点。这种 Yard Sale 的物品都很便宜。

有时，Yard Sale 也写成 Garage Sale（车库甩卖），意思一样。其实，甩卖的物品不一定摆在车库里。有的卖主还写上甩卖的目的，如甩卖所得捐献给谁。有的人家，甚至干脆把自己不用的物品摆放在路边，让需要的人拿走。

照片中可看到，路旁一棵树上钉着一个告示牌，上面的文字是：YARD SALE 3139 ALMA ST SAT 24 8-3（庭院甩卖，ALMA 大街 3139 号，星期六，24 日，上午 8：00 至下午 3：00。）这种告示的语言简单明了，语言不一定规范，但大家都能看懂。如"SAT 24"是说本月 24 日，星期六。"8-3"是说上午 8：00 至下午 3：00。

想去美国？先看懂这些照片

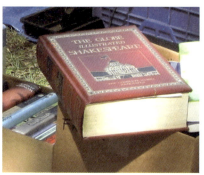

　　　　　　　A　　　　　　　　　　　　　　B

　　照片 A 是便道旁一个 Yard Sale 的现场。这是一个要搬家的人家处理不带走的物品，其中有家具、衣物、工具、书籍、玩具等。

　　照片 B 是在这个现场书堆中找到的一本莎士比亚全集，2364 页，精装印刷。100 美元买下都是捡个大便宜，结果人家开口要价 2 美元！

　　　　　　　A　　　　　　　　　　　　　　B

　　照片 A 中的文字是：GARAGE SAIL!　2040 Louisea　SAT 9AM－1PM Everything must Go!（庭院甩卖！Louisea 大街 2040 号，星期六上午 9 点至下午 1 点。一件不剩！）Garage Sail = Yard Sale。

　　照片 B 中英语的汉语译文是：庭院甩卖。Waverley 大街 1531 号。星期六，17 日上午 9 点至下午 1 点。全部收入用于支持 Dragon 剧院。此处 proceeds 是名词，而且只能用复数，词义是"收入"。

208

      A   B

  有的 yard sale 告示不一定张贴在路旁的树上、电杆上。照片 A 中的 YARD SALE 告示高高挂在了一家商店 Orchard Supply Hardware 的门面上。在这家商店大约 10 米远的右前方是个 yard sale 现场。Orchard Supply Hardware 由 20 世纪 30 年代的 Orchard Supply Farmers Co-op（从事园林、花草相关经营）演变而来。20 世纪 50 年代电子工业兴起，Orchard Supply Farmers Co-op 转型并改名为 Orchard Supply Hardware，2013 年被 Lowe's 公司收购，有可能成为其子公司。目前或许是过渡阶段，在大批处理物品，于是把整个商店搞成了一个 yard sale 市场。但是，在红色大幅告示下的商店门前依然有花草、果木类的物品在卖，如家庭养殖的各种花卉、种子等。

  照片 B 是庭院甩卖的一个免费送货告示，上面的文字从上到下分别是：

  横标题是 YARD SALE（庭院甩卖）。标题下有一个送货车，货车上的文字是 EXPRESS DELIVERY（快速送货），车门上的文字是 Orchard Supply Hardware。

  货车下面的大字是 FREE Delivery（免费送货）。下面的小字是：

  PATIO SETS, PATIO HEATERS, FIRE PITS, GAZEBOS, AND GRILLS（庭院成套家具、庭院取暖器、花园火池、花园亭阁、庭院烧烤设备）

  WHEN THE TOTAL PURCHASE IS $ 500 OR MORE（购物款 500 美元及以上）

  ASK SALES ASSOCIATE FOR DETAILS（详情请问销售助理）

  OFFER ENDS 5/4/14（特价截至 2014 年 4 月 5 日）

想去美国？先看懂这些照片

A　　　　　　　　　　　　　　　B

照片 A 是一个花园金属长椅，上面挂着一个出售的牌子。照片 B 是这个牌子上的文字：SALE　METAL GARDEN BENCH　50" LONG　129^{99}　SAVE 20.00　REG. 149.99　4/27－5/3（出售花园金属长椅，50 英寸长，129.99 美元，省 20 美元。原价 149.99 美元。4 月 27 至 5 月 3 日。）

REG. = regular = regular price 原价，正价，不打折扣价。原价还可以说 original price。

词汇学习

● 关于多种价格的英语表达：

汉语	英语
原价	regular price　original price
标价	list price　labeled price　marked price
折扣价	discounted price
售出价	sale price　selling price

● 超市折扣商品的英文标识方式：

超市、商店经常有折扣的商品出售。在这些商品售出的地方会有明显的折扣标识牌。常见的标识文字有（以半价折扣为例）：

50% off　　　Save 50%

1/2 off　　　Get a 50% off

Get 1/2 off

210

第二部分　超市　店铺

　　　　　A　　　　　　　　　　B　　　　　　　　　　C

bogo = buy one get one 每个单词的首字母缩写，意思是买一送一。买一送一还可以说 Buy One Take One，还可以说 bogof = buy one get one free 买一送一。

　　　　　　　　A　　　　　　　　　　　　　　B

照片 A 是一套桌椅，上面挂着一个出售的牌子。照片 B 是这个牌子上的文字，汉语译文：出售。产地 Carlsbad，5 件套餐桌 239^{99} 美元。Carlsbad 是海滨地名，属加州南部 San Diego 的一个区。

5PC = 5 pieces。PC = pieces。

照片中可看到，在路旁摆放着一件九成新的物品，上面的文字是 FREE

211

WORKS。什么意思？不懂。像是 yard sale，可怎么旁边电杆上没有贴 yard sale 告示呢？这件物品右边是便道，便道旁边就是住户的院落。我站在那里纳闷儿。这时住户的主人开车回来了，她走过来对我说，这是她家的一台复印机，现在家里没人用了，于是放在路边，让需要的人拿走，机器是好的。哦，我明白了 FREE WORKS 的意思是：It's free and works.（免费拿走，能用。）我走到这台复印机另一边，看到一个纸箱子，里面装了大半箱子复印纸。复印机的主人对我说，复印纸可以和复印机一块儿拿走。我谢绝了她的善举。言谈间，马路对面的教堂里响起了钟声。她说："对不起，我要去礼拜（church service）了。"她走了。但我在想，把自己有价值的物品无偿拿出来分享给需要的人，这是一种什么精神在支配她的行为？